자꾸만 꿈만 꾸자
조온윤 시집

문학동네시인선 231 조온윤

자꾸만 꿈만 꾸자

시인의 말

좋은 꿈을 꾸었어요, 원한다면
다른 것과 맞바꿀 수 있어요
이 책을 매몽 문서로 삼고
꿈값은 꿈 바깥에서
함께 있는 시간들로 받겠습니다

2025년 봄
조온윤

차례

시인의 말   005

1부 공간과 자간

아키비스트   012
생각하는 문진   014
장서각의 나날   016
어떤 일이 일어난 미래   018
건설적인 미래   020
도서관 불안   022
균형 감각   024
역사 상설 전시   026
공간과 자간   028
꿈 아카이브   030
그림자 송년회   032
깊이에의 연구   034

2부 가지런한 사물들

분실물 보관소의 밤   038
유령의 집   040

설맹 042

우리 시절 동호회 044

미래 도시 계획 046

우리는 이다음을 원한다 048

사라진 기억에 대한 유월의 그리움 050

자꾸만 꿈만 꾸자 052

생일과 소원 054

모조 햇빛 056

사유지 058

한밤의 공 줍기 060

3부 새벽의 회고

여름 비행 064

임시 교사 066

음악실 068

괄호 069

육면체의 시간 072

비와 현실 074

달항아리 076

도슨트 078

영원 서리 080

중심 찾기 082

소리 헤엄 084

백일몽 086

탁란 가족 088

4부 종이에 쓰인 꿈

사랑 파도 기계 090

눈의 여행 092

두루미 094

그림자 목소리 096

영원한 빵 이론 098

쓸모없는 선물 교환식 100

삼인행 102

사인용 식탁 103

종이집 104

림보 106

사람책 108

사랑의 분류 110

시조새 111

회문의 자서전 112

해설 | 어진 선물   115

       | 양경언(문학평론가)

1부
공간과 자간

아키비스트

두드리는 사람은 없었지만
문을 열었어
누군가 문틈에 끼워둔 햇빛이
발밑으로 툭 떨어졌지

쪽지에는 아무것도 적혀 있지 않았네
너무 오래 닫혀 있던 시간에 대해
아무것도 밀고하지 않겠다는 듯이

굴러갈 용기가 없어 멈춰 있는 공처럼
웅크려 있던 밤에 대해서는 오로지
나의 기록에 맡기겠다는 듯이

나는 그 시간을 동면이라고도 적어보고
반성이라고도 적어보았지
무엇에 대해라고 묻는다면
너무 오래 가두었던 그림자에 대해

혼자서만 알고 있던 병명에 대해
처음으로 비망을 하듯
낯모를 미래에게 편지하면서

낯모를 미래의 손뼉이

어깨에 포개지는 듯한 온기에 놀라
조용한 실내를 둘러보면서

두드리는 사람은 없었지만 문을 열었어
실례한다는 말도 없이
열린 문 사이로 들어와
몸을 뉘고 있는 빛이 있었지

그것을 주워 펼쳐볼 수 있다면
단 한 번도 기록된 적 없는 시간이
비로소 나에게 도착한 거라면
이 말을 꼭 써두어야지

아무것도 묻지 않을게
초인종을 누르고 도망가는 아이처럼
너의 외로움이 했던 일을 용서할게

생각하는 문진

찬바람이 책장을 넘기네
열린 창으로 네가 바깥을 보고 있었어
나보다 몇 배는 키가 커서 난간에 팔을 걸친 채로
무의미하게 영혼을 한 모금씩 소모하듯
날숨을 허공으로 흘려보내고 있었어

네가 무얼 보는지 궁금해서 너의 다리 사이로
창살 사이로 머리를 집어넣었어
맞은편 아파트의 불 꺼진 복도들만 보였지
읽을 수 없게끔 검정으로 죽죽 그어버린 줄글처럼
실은 네 눈이 아무것도 담고 있지 않다는 걸 알았어

그때 너는 네 몸에 비해 지나치게 가벼워 보였어
너덜거리는 너의 영혼이 허공으로 날아갈까봐
나는 목놓아 울었어
이봐, 나를 보라고
치렁치렁한 외투와 모자를 벗어 조그만 못에 걸어놓듯
필요하다면 이 작은 내게로 시선을 걸쳐두라고

슬픔의 냄새가 밴 품이 썩 편안하지만은 않지만
아무렴 어때?
네가 몸을 돌려 이윽고 나를 내려다보았을 때
겨드랑이에 손을 넣어 눈높이까지 나를 들어올렸을 때

내가 너의 누름돌이라는 걸 알았어

너는 홀연 날아가지 않기 위해 나를 데려왔구나
매일 밥을 먹으며 튼튼하고 무거운 몸을 가지자

그리고 언젠가 눈높이만큼 자란 내가 창가에 다가가
네 어깨를 지그시 누른다면
나눠줄 수 있겠니?
네가 읽는 책에 어떤 절망이 쓰여 있는지
네가 있는 세상에 어떤 절망이 휘날리고 있는지

우리는 끝나지 않는 장면을 펼쳐두자
귀퉁이에 가만히 손가락을 얹고
같은 쪽을 오래도록 바라보자

장서각의 나날

개가식으로 운영되는 수 세기 후의 도서관에서
당신의 실록을 보았지

사관들은 저희의 왕을 너무나 사랑해서
당신의 일거수를 기록하는 책을 썼다네

머리 몸통 꼬리로 삼등분된 해부학 삽화처럼
과거 소과거 대과거로 편철된 세 권의 시간

당신의 낮과 밤과 꿈을 죄 가두었던 금서가
이제는 완전한 해적판이 되어 자유롭게 떠돌아

광장에서는 열렬한 목회자들이 사후를 예시하고
관광객들은 손잡고 왕릉을 거닐며 생후를 예찬하고

세상엔 당신을 묘사하는 가냘픈 술어가
호위도 방부도 없이 쌓이고 있어

어린 왕의 몰락을 지켜보던 한 문사는 이렇게 적었어
초엿샛날부터 이날까지 안개가 심하게 끼었다*

그건 단순한 편년체였지만
동시에 기록자만의 은밀한 비유이기도 했지

언젠가 눈 밝은 자들에 의해 의미가 걷히길 바라는
먼지 속의 상형문자처럼

혹은 상형할 수 없는 문자처럼
인간의 마음을 해부하면 세 겹의 염원이 나타나지

더없이 사랑하는 이가 근미래와 미래를 지나
머나먼 노래가 되어 자유롭길 바라지

*『단종실록』14권, 단종 3년 윤6월 10일 갑인 첫 줄.

어떤 일이 일어난 미래

사계절이 사라진 분기점으로부터
갈라져 나온 미래에 있었어
사계절이 있었다면 벌어졌을 황당한 일들을 생각하며

서울 한복판이 물에 잠길 리가 없잖아
숭례문이 불에 타 무너질 리가 없잖아

비 젖은 상자 속에 담겨 있는
작은 개를 줍는 미래와
작은 개를 줍지 않는 미래로 갈라지는 시간 앞에서

작은 개와 함께였다면, 나를 향해 전력으로 뛰어왔을
텅 빈 골목을 바라보고 있었어

반려의 존재들이 요정이라 불리는 미래에서는
인간이 요정을 사랑하지 않을 리가 없잖아

누군가 버려진 상자로 손을 뻗는 순간
시간의 정수리에서는 또다른 미래가 돋아나고
두 삶은 아기일 적에 헤어진 쌍둥이처럼 제각기 살아가
겠지

나는 가끔 멍하니 생각에 잠겨

빗물이 눈처럼 느리게 내리고, 개에게는 날개가 달렸다는
이상한 미래에 다녀오곤 해

모르는 개가 나를 보며 꼬리를 흔드는 길거리에서
숭례문이 불타고 때로 강물이 넘쳐흐르는
이상할 것 하나 없는 세계로부터

건설적인 미래

무엇을 짓는 걸까?
저 멀리
거대한 공룡처럼 타워크레인이 서 있어

내내 그 자리에 서서 은밀하게
도시의 여백을 한입씩 먹어치우듯
또다른 꼭대기 하나를 공중에 일으키고 있어

밤은 매달린 칠장이가 되어 창밖을 덧칠하고
흐릿한 존재의 불안은 공중그네를 타고
영원히 내려올 생각이 없는 것 같아

투명한 방음벽 너머로는 순진한 새들이 날아와
머리를 부딪으며 비명도 폭발도 없이
발밑으로 우수수 떨어져

함부로 자유롭지 못하도록
서로를 파수하며 엽총으로 떨어트린 깃털과 영혼이
마천루가 되며 조용히 쌓여가고 있어

하지만 세상에서 가장 높은 죄책감은 아직
지어지지 않았다는 것

지구를 터뜨릴 것처럼
살아남고 싶은 마음은 점점 뾰족해진다는 것

알고 있어?
우리의 엎드린 등 위에
무엇이 지어지고 있는지

손가락으로 먼 곳을 찌르며 묻는 사람들
너무 오래 살아서 절멸을 잊어버린 듯
해맑은 표정으로

도서관 불안*

그곳의 사서는 묘지기처럼 어둡고 조용했습니다
찾고 싶은 책이 있었지만 말을 걸 수 없었죠

괄호로 싸인 정숙한 실내에 마침표처럼 앉아
죽은 책들을 지키고 있었으니 그럴밖에요

나는 소설과 역사 서가 사이 어디쯤에서
도서관 미아가 되어 우두커니 서 있었어요

내가 찾는 이야기는 역사로 불리기엔 허구가 많았고
소설이라기엔 지나치게 사실적인 묘사였거든요

두 분류를 넘나들며 책등을 일일이 톺아보기에는
머지않아 독서에 대한 갈증으로 탈진할 것 같았기에

결국에 나는 내가 찾는 이야기를 모조리 써내어
스스로 한 권의 별책이 되기로 마음먹었습니다

그렇담 내 삶은 어디로 분류될까 두근거리며
관내 분실인 양 시치미를 떼며 있었더니

뼈 맞추는 소리를 내며 묘지기 사서가 다가옵니다

* library anxiety. 도서관 이용에 미숙한 사람이 책을 찾을 때 느끼
는 혼란, 근심, 좌절 등의 감정.

균형 감각

영원히 살고 싶은 계절을 고르라면
여름과 겨울 중 어떤 게 좋을까
돌아오지 않을 휴양지로 산과 바다는?
삶의 굴레에서 인간의 다음 차례로
개 혹은 고양이로 태어나야 한다면

갈림길의 저편에서
미심쩍은 행색의 행려자가
한 손에는 언뜻 공평해 보이는 저울을
한 손에는 겁주기용 칼을 들고 다가와
반드시 어느 한쪽을 고르시오
공갈을 놓는다면

나는 삐뚤빼뚤한 삶 쪽을 가리킬까
인간으로 살 바에는 차라리
다른 무엇이 되겠다고 말할까

이번에는 당신의 고용주가 저울판 위에
동전 몇 닢과 회중시계를 올려두고
그것이 삶의 완벽한 균형이라는 듯
열띤 손동작을 곁들여 설교한다면

관자놀이를 타고 턱끝에 땀이 맺히도록

매일매일이 평형대 위에 선 기분이라면

삶을 소진한 대가로 얻은 휴가에서
당신이 뜨거운 계절에 머물겠다 대답한대도
눈 내리는 바다를 싫어하는 게 아니라면

개의 반대말이 고양이가 아니듯
왼편과 오른편이 완벽하게 달라서
기울일 수 없다면

역사 상설 전시

한 방향으로만 이어지는
전시를 거슬러 올라가
최초의 전깃불이 밤을 밝히던 기념비적인 그곳으로
두 형제가 내국인과 외국인으로 갈라지던 그곳으로

잠들기 전 어느 나라 말로 꿈을 꿀지 생각하는
식민지의 소학생처럼
두 갈래의 이야기가 다시 하나되는 그곳으로
말 이전의 묵언과 몸짓의 시절로

상류에서 텅 빈 뗏목이 떠내려오는
강물을 거슬러 올라가
강을 건너려는 임에게 공무도하를 불러주던 그곳으로
삼세계로 망명한 소설가가 모어를 잃어버린 그곳으로

한 방향으로만 이어지는
그러나 눈을 감으면 저 멀리, 다른 한편이 웅성거리는
시간을 거슬러 올라가
어느덧 다다른 경성에는
해석할 수 없는 외국어가 눈발처럼 휘날리고 있어
빼앗긴 고궁이 전부 제 것이었다고 생각하는
저고리 노인처럼 서성이며 서 있어

우리의 시간은
언제든 펼쳐볼 수 있어서
아무도 펼치지 않는
외롭고 두꺼운
사전과 같아

그때에 잃어버린 모어들이
텅 빈 기표가 되어 이곳으로 떠밀려오고 있어
주인 없는 옷소매가 몸을 찾아 너풀거리고 있어

기원전으로부터 오래전으로부터
따듯한 물처럼 시간이 흘러와
헤어진 형제가 간만에 재회한 저녁의 생방송처럼
태어나 처음 키오스크를 두드리는 만학의 노인처럼

내가 아는 모든 이야기가 모여 사는 이곳으로
말 이후의 해방과 웅성거림의 시절로

공간과 자간

전자식 인쇄 기술의 출현으로 해고된
늙은 식자공이 결국으로 다다른 곳
공간과 자간

케케묵은 책 속으로 낙향한 그가
견습생 시절 활자를 잘못 끼워 찍어낸
깊고 외로운 두 마디를 떠올린다
우울과 우물

검은 잉크로부터 추억을 길어올리며
지리멸렬했던 인생을 요약해볼 때
무심결에 띄어 쓰게 되는 쌍둥이의 마음
전전과 긍긍

아무도 찾으려 하지 않는 외딴 열대의
두 그루 종려나무처럼
두 쌍의 묘한 글자들이 쉼을 두고 서 있는
고요한 공간

인간의 시간을 표의하고 싶은
음각의 활자들이 걸터앉은 난간

원서의 지독한 고독이 무서워

의도된 오역을 낳는 역자의 농간

독서가가 잠시 묵독을 멈추고
적막한 세간을 살피게 하는 행간

꿈 아카이브

네 꿈을 살게
나는 꿈을 모으는 사람이거든

등장인물이 많은 꿈이라면 좋겠어
객실의 끝이 안 보이는 기나긴 열차 같은 꿈
경유지는 목마른 이들을 위해 물켜는 새벽
한낮에 모은 선명한 장면을 토큰처럼 들고 온다면
누구든 들락날락할 수 있는 꿈

중고로 내놓은 꿈이라면 더 좋겠어
너무 오래 품고 지내 포장지가 닳고 바랜 꿈
천원 오천원쯤 싼값에 구할 수 있겠지
옆구리에 꿈을 베개처럼 끼고 약속한 장소에서 만나요
어느 날 세상에는 없는 수상한 발신지로부터
너는 기기한 연락을 받겠지

꿈이 꿈 아닌 것처럼 생생했으면 좋겠어
이토록 높은 해상도의 자연이 꿈인지 꿈 아닌지
당신들의 부드러운 호의가 꿈인지 꿈 아닌지
순진한 구매자는 죽었다 깨도 모르도록
손에 잡힐 듯한 총천연색으로 이루어진 꿈

내 무의식의 새하얀 스크린에 줄곧 영사되는 꿈

먼 미래의 상영관에서
해맑은 영화광처럼 한 손에는 튀긴 과자를
두 눈에는 볼록한 입체 안경을 쓰고서
디지털로 복원된 꿈에 입장할 수 있다면 좋겠어

이제 꿈에서 깨어나요
빗자루와 쓰레받기를 든 목소리가
가지런히 놓인 현실감각을 가볍게 건드리며
내 잠을 밝힐 때까지

그림자 송년회

연말의 적적함이 나를 거기로 불렀지만
오히려 몇 시간은 더 적적해지는 모임이었어

어색하게 맥주를 홀짝이며 앉아 있는 자리는 사실
목소리가 뚜렷한 이들을 위한 지정석이었어

빈집에 혼자 두고 올 수 없어서
입구에 묶어둔 그림자가 얌전한 개처럼
안과 밖의 헤어짐을 기다리고 있었어

새해를 맞기 위한 초읽기가 시작되었을 때에도
불빛에 홀린 듯이 한데 모인 인파와
보신각의 타종 소리가 전국으로 생중계될 때에도

나는 황급히 환하고 소란한 그곳에서 빠져나와
다시 아무도 없는 공백에 갇히고 싶었던가?
아니면 기어코 그곳에 남아
모두와 새해의 소원초를 불어 끄고 싶었던가?

그런 생각을 앞질러 걷는 이가 있었어
빛을 등지고 돌아갈 때라야
마주할 수 있는 그림자가 앞에 있었어

외로움은 이제 몇 살이지?

내가 내 그림자를 보며 걸었어
뒷모습인지 앞모습인지 모를
친근한 덩어리를 보고 있었어

깊이에의 연구

깊은 곳은 위험해
깊이로부터
돌아오지 않는 이들이 있기에
나는 그걸 알아

오늘도 누군가 깊은 우울로부터
돌아오지 못했다는 짧은 부고를
가로짜기로 조판된 일간신문에서
왼편에서 오른편으로
윗줄에서 아랫줄로 읽어내려가며
내 희망의 눈금이 조금씩 은밀하게
가라앉고 있다는 걸 느꼈어

어항에 흩뿌려준 물고기의 먹이처럼
모든 글자는 바닥으로 천천히 내려앉는다
우리가 결론을 향해 읽어내려가는 이유이기에

매일 깊이 있는 책을 읽던 사람들은
저 아래 쌓여 있는 결론들이 두려웠던 거지
자신에 대한 검열로 두려움을 지워냈던 거지
지하에서 죽어간 문필가를 기리는 깊은 밤에
쓰게 되는 혼잣말이 있어

깊은
애도
깊은
사랑
깊은
수심
깊은
잠과
같이
깊은
글자는
세로로만 읽게 돼
내 옆에 가지런히 놔둘 수가 없거든
더는 건져올릴 수가 없거든

인간의 내면은 아무도 모르게
썩지 않는 글자를 유기하는 강물이거든
누군가의 밑바닥을 보고 난 후에는
도저히 용서할 수가 없어
저 위로 돌아갈 수가 없어

그건
깊은

자기
혐오
저기
저 아래
어둡고 축축한 굴속에 빠져
나를 부르는 목소리가 있어

깊은 구멍을 밟고
위에서 아래로 떨어지며 외치고 있어
깊은 곳은 위험해

나는 그걸 알아
우리의 역사는 너무 깊어서
자기 생의 결말을 읽기 위해 떠나간 뒤로
돌아오지 못하는 이들이 있어

2부

가지런한 사물들

분실물 보관소의 밤

피로한 경비원이 집으로 돌아갈 채비하고
분실물 보관소에 불이 꺼지면
주인 없는 사물들의 수런거림이 시작되지

나는 동공이 열리지 않는 안경, 양질의 잠을 위한 처방전
또는 서로에게 스미듯 사이좋게 상해가는 빵과 우유
누군가 흘리고 간 사연이 되어 이 밤에서 저 밤으로
건너가는 한 켤레의 닳고 닳은 구두

우리는 주인에게 버림받은 점유물이 아니야
주머니에서 멋대로 흘러내리는 손수건의 물결무늬야
나를 펼치면 작은 나라의 깃발이 되고
사랑을 잃고 나면 모두들 실패하는 혁명가처럼 용감해지지

장마가 오면 그는 나를 우산으로 떠올리지만
그가 잃어버린 건 우산이 아니라 우산 속에 그려진
푸른 하늘 프린트, 프린트 같은 하늘 아래의 친밀함
피부를 떠나가는 순간 무엇이든 식어버리게 돼
옷걸이에 걸린 채 털 빠지는 점퍼가
혼자서는 따듯해질 수 없는 것처럼

누군가의 품안에서 아늑했던 시간은
귀의 자리를 잃은 이어폰처럼 서랍 안에 갇혀 있지만

여기, 나를 꽂으면 오래전 당신의 기쁨이 흘러나온다
라디오는 아직도 인간의 목소리를 흉내낼 줄 알지
조금 망가져야 제대로 된 노래가 나오는 건
모든 라디오와 가수들의 성질이지

그렇게 하면 무언가가 고쳐질 것처럼
나의 안쪽을 주먹으로 쿵쿵 때리는 밤
나를 찾는 사람이 문을 열고 들어올 것 같은

지금, 두 귀에 이어폰을 꽂듯이
손가락으로 가만히 귀를 막으면
이 밤에 함께 외로운
사물들의 수런거림이 들린다

우리는 사랑에게 버림받은 유기물이 아니야
그들이 지금도 찾아 헤매는 유일했던 무엇이야
밤새 깨어 같은 말을 되뇌는 목소리는
실은 쓸쓸함을 잊기 위한 혼잣말이겠지만

부지런한 빛과 소음이 두 귀의 바깥을 채우고
분실물 보관소에 불이 켜지면
다시, 사랑을 기억하는 가지런한 사물들은
침묵으로 인내하는 기다림을 시작하지

유령의 집

유령 집사에 대해 들어본 적 있어?
사람들이 저마다 따뜻한 계절의 꿈속으로
짧은 휴가를 떠나면
유령 집사가 검은 턱시도를 차려입고 나타나
빈 저택의 은식기처럼 고요한 도시 위로
커다랗고 하얀 천을 덮어주지

아침이면 다시 흰 눈을 걷어내고
거리의 반짝이는 민낯을 훤히 드러내는
유령 집사의 차고 투명한 손길

그가 누구를 위해 봉사하느냐고?
그 누구를 위해서도 봉사하지 않아
키 큰 사람의 어깨에도
키 작은 사람의 어깨에도
눈은 공평하게 쌓이듯이
몸과 마음을 얼리고 녹이는 데는 복종이 없지

그가 오는 이유는 하나야
걸어 잠글 수 없는 세상을 도둑맞지 않도록
누군가는 밤새 맨정신으로 지켜야 하거든
꿈에서 떠난 이들을 만나는 너의 보석 같은 동공에
먼지가 앉지 않도록 덮어주어야 하거든

유령 집사를 만나보고 싶니?
눈을 뭉쳐 형상을 만들어주면 돼
몸 없는 꼬마 유령에게 흰 천을 씌워
존재를 드러내주듯이
간혹, 밤중의 무뢰한이 공원을 배회하다
네가 만든 눈사람을 걷어차고 부순다면
너는 분명 슬프고 화가 날 테지만

그건 네가 집사의 존재를 느끼기 때문이야
집사의 존재를 인정하기 때문이야

휴가지에서 돌아온 날 아침에 너는
깨끗하게 닦여 있는 거울로 네 얼굴을 보겠지
간밤의 피로함과 어지럼은 모두 잊은 채
차가운 거울에 이마를 가만히 대었다 떼어보는
순간에 나타나는 희미한 형체

그 표식이 유령 집사의 초상이야
네가 잠든 사이 너의 마음을 꺼내어 씻겨두는
유령 집사의 목적 없는 헌신이야

설맹

흰 것을 오래 보면 눈이 멀어
우리가 잠에서 깨어 밝은 방과 더 밝은 바깥
모든 걸 빼곡 눈에 담아보다가도
밤이면 검정을 덧씌워 지우는 이유지

흰 것을 오래 보면 마음이 멀어
그래서 바보의 이름에는 흰백이 붙나봐
그의 무구한 표정처럼
아직 아무것도 쓰지 않은 노트는 선물이 될 수 있고
선물 같은 하루를 기록할 수도 있지
남들에게 보이지 않는 하얀 이름을 적고서
언제나 선물처럼 지니고 다닐 수도 있어

우리가 설령 하얀 밤과 어두운 낮을
구별 못하는 바보라도
함께 쓰고 지우는 말들이 희고 검다는 걸 알고 있어
눈앞은 깜깜해지는 것
머릿속은 하얘지는 것
아무것도 쓰인 적 없는 듯한 피부 위에는 사실
흑백의 문장들이 혈관처럼 씌어 있어

백자처럼 깨끗한 마음을 보면
받지 못한 선물 같아

그 마음이 부러워져
사람들은 검정을 덧씌워 가리곤 해

밤의 서랍 속에 숨겨둔 마음이 있다면
새벽 광선이 손끝처럼 내리쬐고
잎사귀 갉듯 어둠을 긁어낸다면

빛의 세기에 두 눈이 순응하듯이
우리가 품은 말들이 드러나겠지

우리 시절 동호회

희망을 수표 뭉치처럼 쥐고서
호기롭게 뿌리고 다니던 시절의 우리가
배 나온 회사원이 되어 다시 모였네

여럿이서 만날 수 없는 세상이 되어
생활 흠집이 난 낯빛을 화면에 띄우고
카메라 가까이에 잔을 대고 건배하며
서로의 오래된 실패담으로 서글퍼지네

그래도 우리에겐 시절이 있잖아
시절을 말하면 웃게 되잖아
아무도 타인의 맞닿음을 무서워하지 않고
아무도 미래를 모르지 않았던 시절을

화면이 목소리의 주인을 번갈아 비출 때
누군가는 혼자 일찍 취해
그때 그 시절처럼 말했다

그래도 저장 공간 속에는 우리가 가득 있다며
어느 날 가상 화폐를 꽃과 차로 교환하고
서로가 홀로그램으로 변해 나타난다 해도
추억은 절대로 파산하지 않을 은행이라며

민망한 말로 어색해질 때마다
고장이라도 난 듯 침묵이 길어질 때마다
우리는 맥주를 약속처럼 들고 건배하지

너는 너의 인생이 담긴 장치에서
나는 나의 인생이 담긴 장치에서
서로의 무사함을 확인하면서

우리 시절 저장 공간의 화면은 어둡고
아늑하게
물들어가네

미래 도시 계획

미래를 측량하는 연구원이 말했어
머지않아 소도시가 하나둘씩 사라질 거래
인구가 점점 줄고 우리는 먼지처럼 흩어질 거래

사람들은 좀더 작고 간편해진 전화기를 들고
거기 아직 누구 있나요?
더는 아무도 살지 않는 도시의 교환국에 물어보겠지
사라진 주소지로 이따금 편지가 날아가겠지

대도시의 원주민이 네온사인 아래 하나가 되어
양손에 응원봉을 들고 야구장으로 향할 때
우리는 반대편 달 뜬 동네로 걸음을 기울이지
등뒤로 옅어지는 환호와 함성을 들으며

불빛도 소리도 없이 적막한 거리를 걸으며
컴컴한 밤 어딘가에서
고향 별을 그리워하는 외톨이 외계인처럼

연고도 회고도 없이 사라진 외인 구단처럼
머지않아 먼 곳의 도시들은 소멸하고
우리는 영원히 내려앉지 못하는 먼지처럼
주변을 떠다니겠지만

거기 아직 누구 있나요?
문득 펜을 들어 오래전 주소로 편지하겠지

공기에 흩어져 떠도는 그곳을 떠올리며
떠올릴수록 가까워지는 소리에 귀기울이며

우리는 이다음을 원한다

이다음엔 무얼 할까 우리
오늘의 놀이가 끝나면
다음에 할 놀이를 궁리하게 돼

우리에게 이다음이 있을 거라
믿어 의심치 않으니까

약속하자 우리
이다음도 이 시간 이 자리에 함께하기로

다 같이 표준시에 잠을 자고 잠에서 깨고
서로의 도로명 주소로 편지를 부치고

똑같은 화폐단위로 인간의 쓸모를 재고
산불은 언제나 축구장 몇 배 넓이로 타오르도록

궁금하지, 일 년에 단 하루 단 한 시간
전 세계인이 약속대로 불을 끈다면
저 멀리 외계에서는 우리의 한순간 어두움을
깜빡이는 신호처럼 읽어낼까

우리는, 이다음을, 원한다
이다음이, 우리를, 원한다

언젠가 꺼지지 않는 산불이 밤을 밝히고
지구가 더는 눈을 깜빡일 수조차 없게 된다면

불 꺼진 행성으로 쏘아 보낸 수십 호의 탐사선이
그곳의 기후에 한여름 눈사람처럼 녹아내린다면

이다음엔 무얼로 불꽃을 태울까 우리
이다음엔 어떤 동물을 실어 보낼까

별자리가 사라진 하늘로부터
깜빡이듯 희미한 목소리가 들려온다면

우리는, 이다음을, 원한다
이다음이, 우리를, 원한다

우리가 없는 이다음에
우리가 남긴 레코드판이 재생되고 있을까
그 시간 그 자리에서 영원히

사라진 기억에 대한 유월의 그리움

그의 이름을 부르려면 그곳에서 내려와
작은 키가 되어야 한다

아니, 좀더 낮게
나를 쌓은 시간 앞에 포복하는 마음이 되어야지

가장 낮은 바닥에서 세월의 더께를 견디는
최초의 스러짐과 눈 맞출 수 있게
우리의 일어섬이 어디에서 시작되는지 알 수 있게

오래된 기억들이 층층이 쌓이고 쌓여
우리의 몸과 만나는 곳
그의 이름을 부르려면 신을 벗고 반드시
맨발이 되어야 한다

미끄럽거나 차가운 것, 통점을 찌르는 것
우리가 밟고 서 있는 게 무언지 느낄 수 있게

낮게, 좀더 낮게
내가 없던 지난날의 죽음 앞에 묵도해야지

주인 잃은 신발, 불타는 청사, 총성 울리는 광장
사라진 기억을 그리워할 유월에게 들려줘야지

사라진 기억으로부터
누구의 이름이 태어나는지
그가 아직 오월이었을 때
어떤 봄을 지나왔는지

발밑으로 오래된 기억이 쌓여 있다면
우리가 기억을 디디고 서 있는 육월이라면

내려와
마주보아야 한다
낮게, 좀더 낮게

자꾸만 꿈만 꾸자

노인으로 태어나
아기가 되어 죽는 시계공의 이야기를
거꾸로 돌려보았어

노인이든 갓난아이든 그는
약하고 가여워질 뿐
바뀌는 건 없었지

거꾸로 도는 시계에도 정각이 있듯
있던 일은 없는 일로
없던 일은 있는 일로 나아갈 뿐

비디오테이프를 되감는 동안
소년이 훔친 물건을 안주머니에서 돌려놓고
두 싸움꾼은 서로의 뺨에서 주먹을 거두고
넘어진 촛대가 스스로 일어나 자리에 앉았어

흩어진 물방울이 다시 한 잔의 물이 되고
조금 전 상처가 말끔히 지워지고 없던 일로
헤어지자던 연인이 다시 손을 잡고 없던 일로

꿈에서는 분명 대교가 무너졌는데
눈을 뜨니 없던 일이 되었어

누군가 그 장면을 되감은 것처럼

거기서 만난 친구들이 창밖에 모여
내가 없는 곳으로 뱃머리를 돌리고 있었어
가지 마요 불러봐도 대답 없이

표정도 없이
사람들이 방향을 엇갈리며 산책하는
강변의 공원으로 나가
언젠가 반드시 무너질 대교를 바라보았어

언젠가 떠나갈 사람이 스스로 다가와
내 곁에 앉아주었어

생일과 소원

케이크에 초를 꽂아 넣듯이
밀물 속에 두 다리를 세우고 서 있어

여기서 바라보는 올해의 마지막 일몰은
세상이 천천히 불어 끄는 생일초 같아
상온에서 조금씩 녹아내리는 생크림처럼
아주아주 느리고 부드러운 소원을 빌면서

새해에는 조금만 슬퍼해야지,
오늘을 내 희망의 첫번째 생일이라 생각하면서
발목을 적셔오는 차가운 감각들을 견디고 있어
이 마음을 오래오래 꺼트리지 않으려고

정확히 반으로 가른 케이크처럼
어제와 오늘이 선명하게 나뉘고 있고
근하신년 입춘대길 건양다경, 사람들은
네 글자로 된 시간을 공평하게 나눠 가지지

새해에는 조금만 외로워야지,
소원을 전부 빌고 나면 꺼진 초를 빼내듯이
사라진 해를 뒤로하고 돌아가는 길
젖어 있던 두 발이 물 발자국을 남기고 있어

세상에 꽂아 넣은 유일한 생일초처럼
한 걸음씩 빛이 녹아 흐르고 있어

모조 햇빛

창 없는 방의 나날이었다
남향의 바람과 햇빛은 값비싸서
초년의 급료로는 살 수 없었다

일과 후의 해는 너무 짧았다
빛을 오래 보기 위해서는
찰칵거리는 기계가 필요했다

물위에는 물비늘이 가득했다
누군가 그 비싼 빛을 무한 복제해
펑펑 흩뿌려놓은 것만 같았다

기계의 저장 공간에 빛을 주워 담았다
빛을 붙잡아두려는 시도는
때로 시간을 붙박기도 했다

나에게는 두 가지가 다르지 않았다
모사된 조도와 명암에 따라
시절이, 눈부심이, 슬픔이, 그 모든 감각이 살았다

물기 없는 날씨 속에서
그때의 해수욕 사진을 보며
여름 심상에 젖어가고

햇빛 없는 방에서
햇빛이 인쇄된 포스터로부터
온기를 쬐던 나날이었다

사유지

발 디디는 모든 곳에 주인이 있어
공사가 멈춘 공사장에도
고라니가 튀어나오는 뒷산에도
오래전부터 버려진 공터에도

내가 태어나기 전부터 갈 수 있는 곳과
갈 수 없는 곳이 정해져 있어
뾰족한 울타리와 철책으로
안 보이는 선분과 접근 금지! 팻말로

나는 누구의 것도 아닌 것 같은
경계석을 밟으며 집으로 가
잘못 밟으면 죽는 놀이를 하면서 가
담장과 주고받다 담장 너머로 날아간 공은
아직 돌려받지 못했어

그곳의 주인을 본 적 없거든
출입을 허락받을 수 없거든
눈이 쌓여도 쓸지 않는 그곳을 보며
때로 궁금증이 생기곤 해

이곳이 사유지라면
쌓인 눈의 주인은 누굴까?

경계 없는 하늘로부터 내려와
지상의 모든 경계를 지워주는
이 눈의 주인은

한 번도 나타난 적 없다 해도
이곳을 공터처럼 버려두었다 해도

눈을 가져다 뭉치기 전에
눈사람의 영혼이 결백하도록
마음속으로 물어야겠지

실례합니다
이곳에 쌓인 눈을
제가 가져다 써도 될까요?

한밤의 공 줍기

밤마다 떨어진 공을 줍는 사람이 있네
온종일 공을 날려보내는 사람들이 있으니까

미화원의 파업에 미화되지 않는 거리
세상에는 스위치를 내렸다 올리듯
요란함이 간단히 정리되는 마법은 없지

누군가는 허리를 굽혀 주워 담아야 한다
깜깜한 공중으로 당신이 띄운 공
당신이 바닥에 쏟은 한 줌의 소금
땀냄새, 더운 숨 냄새,
무심히 뱉은 조용한 말들까지도

어떤 속도로 곡선을 그리며 날아오는지
밤마다 줍는 사람은 알지
비 갠 뒤에 공들은 얼마나 윤이 나는지

검은 잔디 위로 하얀 공들
한 번도 채를 휘둘러본 적은 없지만
그 공의 미끈한 촉감
아담한 공의 크기
한 손에 주우려 하면 서너 개는 쥘 수 있는
서너 개는 가볍지만 조금만 더 쌓이면

바구니가 휘어질 듯 무게감을 지닌다는 것도

잠든 사람은 모르지
어둠이 내리면 그 잔디 위에서
벌벌 땀흘리며 흰 것을 줍는 밤이 있다는 걸
온몸이 젖어 들키기 싫은 밤이 아주 많다는 걸

미화되지 않는 인생
스위치를 내렸다 올리듯
요란함이 간단히 정리되는 마법은 없네

그래서 공 하나에는 한 번의 수그림
공 하나에는 한 번의 내디딤
수많은 수그림과 내디딤이 쌓여
시간이 휘어질 듯 몸이 피로해진다는 걸

어지러트리는 사람은 알까
떨어진 생각을 모두 줍고 돌아가는 길
비 젖은 밤의 표면은 얼마나 윤이 나는지
피로한 눈에는 거리의 불빛이 얼마나 흐릿한지
미화되지 않으면 견딜 수가 없는 것,
인생이기에

매일 스러지지 않으려 소금을 녹여 마시지
검은 잔디 위로 하얀 공들,
밤새 흘린 땀과 빛의 결정이라 말하지

3부

새벽의 회고

여름 비행

가로수의 그늘을 훔치던 한여름을 지나
도난 방지기를 무사히 통과한 기분으로 살지
가난 장마 해변 연민
아름다운 돌인 줄 알고 몰래 쥐고 있던 것들을
여전히 품안에 감추어두면서
빛의 색출이 뜨거운 날에는 마음을 숨죽이지

그 많던 여름 중에 하나,
주머니에 손을 넣고 비밀을 공깃돌처럼 놀리다가
주변을 서성이던 친구에게 내밀어본 적 있지
처음 보는 장난감처럼 신기했던 걸지도 몰라
친구가 대답 대신 한 움큼을 챙겨 달아난 뒤로
친구가 학교에 소문을 들고 온 뒤로
더는 누구도 얼쩡거리지 않게 되었지만

돌려받지 않아도 되었다
비밀을 주워온 곳은 슬픔이 자갈밭처럼 무수했으니

외로운 동급생의 책가방에
개구리를 넣어둔 범인을 찾기 위해
돌아가며 엉덩이와 발바닥을 맞은 적 있지
누군가 범인을 토해낼 때까지
여름을 밟는 감각이 얼얼해질 때까지

그날은 유독 세상이 눈부시게 보였던 것 같아
학교가 파한 거리에서
어깨를 부딪치며 지나가는 아이들을 본다
모퉁이를 돌며 희미하게 번지는 아이들의 소음
횡단하는 도로에 낙오한 새끼 오리처럼
뒤떨어져 걷는 침묵의 위태로움

왜 반짝이는 걸 보면 훔치고 싶은 걸까?
한낮이 자루째 쏟아내는 백금색 빛을
손에도 쥐어보고 두 눈에도 한껏 담아보았지만

똑같은 여름은 돌아오지 않더라
그래서 우리는
우리가 훔치고 빼앗긴 여름을 기억하겠지

그때의 아이들이 떼거리로 몽돌 해안을 뛰노는 걸
거기 없는 아이가 홀로 납작한 자갈을 주워
남겨진 오후를 물수제비뜨는 걸
숨죽여 바라보며

임시 교사

아이들에게
문을 뒤집으면 곰이 나타난다는
실없는 농담을 하는 어른이 되어버렸다

집을 뒤집으면요? 사람을 뒤집으면요?
울음을 거꾸로 하면 몽롱이 되는 것 같아요
그럼 몽롱은 기쁜 거예요?

아이들의 존재는 왜 이다지도
물구나무 같을까?
질문을 뒤집어주면 대답이 될까
반문이 될까?

아이를 어른스럽게 대하지 못하는
아이 같은 어른이 되어버렸지
너희를 돌볼 때면
뒤집힌 교실에 홀로 남아
오래전에 잊어버린 공식을 풀어내야 하는 것 같아

아무리 깨쳐도 졸업이 없는 삶의 교정에서
내가 무얼 알려줄 수 있을까?
또렷한 목적 없이 갈지자로 살아감을 뜻하는 몽롱이란 기
분을?

어른의 문을 열고 뒤집어 흔든다 해도
아무것도 튀어나오지 않는다는 심심한 진실을?

벽은 뒤집어도 벽, 컵을 뒤집으면 반드시
빈 컵이 될 테지만

철봉 아래에서 친구를 괴롭히는
장난꾸러기 아이를 붙들고 말해줄 수 있겠지
애야, 우는 사람을 거꾸로 뒤집어도
웃는 사람이 되지 않는다고

음악실

이상해요
구멍은 여덟 개인데
가장 낮은음을 만들고 나면 손가락이 하나도 남질 않아요

그럼 한번, 손가락을 접어
친구들을 세어보겠니?

하나,
그리고 하나

구멍이 사라질 때마다
교실은 한 칸씩 어두워지고

아이는 자기와 나를 세고
손가락이 여덟 개나 남았는데도

내 뒤에 숨어
여기가 가장 낮은음이라고 말한다

괄호

누군가 머리 위로
괄호처럼 그믐을 열어두고 사라진
새벽의 문장 속에 있습니다

그의 부지런한 일기장에서 나는
조용한 독서부
존재감 없지만
착하고 수수한
동급생이었는데요

누군가 기억을 더듬어
나에 대한 감상과 묘사를
자신의 개인적인 기록으로
적어주었다는 게
신기할 따름이었죠

덕분에 나는 지금
머리와 발끝에
시작과 종결로
왼쪽과 오른쪽
괄호가 쳐진 문장이 되어
새벽의 회고 속에 있습니다

기뻐요, 사실은 항상
괄호처럼 말하고 싶었거든요
이쪽과 저쪽이 주고받는
고요한 교신처럼

소리 내지 않아도
그 뜻을 알며
끄덕이지 않아도
그 답을 아는
친구가 필요했거든요

일기의 말미에서 나는
엄격한 선생으로부터
이름이 불려 일어나 있군요
이름의 순서가
오늘의 날짜와
같다는 이유로요

모두가 외워야 할 문장을
소리 내어 읽을 사람이
필요하다는 이유로요

그의 생각 속에

오래 서 있었지만

나는 아직도 궁금합니다
괄호 안에 든 말은
소리 내어 읽어야 할까요?

육면체의 시간

상자 모양 세상에 살고 있어
내면이 좁아서 자꾸 정수리를 부딪치게 돼
철창 밖으로 한 가닥 삐져나온
불면하는 기린의 목처럼
새벽어둠을 멀뚱히 두리번거리다가
굼뜬 초침 소리를 확인하곤 다시 몸을 웅크려
잠의 뚜껑을 닫고
내일이 나를 좋은 곳에 적재해주길 소원하지

상자가 덜컥이며 옮겨지고 있어
지하를 향해 꺼지는 엘리베이터인 걸까?
도착 지점을 알 수 없다는 불안이
어두운 비상계단을 키득키득 뛰어다니며
층마다 버튼을 눌러놓고 있어
문이 닫혔다가 열릴 때마다
내 몸의 고도는 달라져 있어
사랑에 안긴 어깨가 상온 속 과일처럼 물러지다가도
인양할 수조차 없는 심연으로 두 발이
컴컴하게 얼어버리기도 해

이 밀폐 안에 나 말고도 사람이 있을까 싶어
상자를 흔들면 내용물을 알지도 모르겠다고
내 몸이 울리도록 제자리 뛰기를 할 때

누군가 상자를 쥐고 삶을 마구 흔들 때
그 누구도 숨가쁘지 않을 리가 없어

상자 모양의 세상은 여전히 비좁고, 외로워
꿈의 하강을 위해 스르르 닫히는 눈꺼풀 사이로
자동으로 닫히는 엘리베이터 문 사이로
같이 갑시다, 하는 말을
우산대처럼 불쑥 끼워 넣는 사람이 있을까 싶어

다가올 것 같은 기분을 바라보고 있어
열림 버튼을 오래 누르고 있어

비와 현실

나는 따뜻한 쓰레기
누군가 공중에 매달린 마음으로 쥐고 있던 우산 한 자루
언젠가, 주머니에 넣어두고 잊어버린 손들, 손가락들
오랫동안
비에도 바람에도 지고 말았지*
도깨비처럼 찾아오는 미움, 미움에게도

빗물은 떨어지기 무섭게 얼어버린다
차가워,
현실과 비현실을 구분하는 또렷한 선분
새벽은 시꺼먼 강물을 헤엄치는 송사리떼 같아
모두 헛꿈
잡아보려 손을 뻗으면 흩어져버리는 헛꿈……

이제는 어질러진 현실을 정리할 때가 된 것도 같아
병아리 감별사처럼
양옆에 두 개의 상자를 놓아두고
현실과 비현실을 나눠 담는다
그리고 현실의 상자 쪽에

버려져 있는 우산 한 자루
더이상 비유적으로는 살 수 없고 나는 그저 외로운 인간

차라리 아무것도 모른 채로 살 수 있다면
간밤에 살다 온 생경한 꿈 애기나 하며 살 수 있다면

꿈결에라도 실컷 말하고 싶다
나는 따뜻한
누군가 두 손 안에 쥐고 있던 따뜻한……

* 미야자와 겐지의 시 「비에도 지지 않고」에서 변용.

달항아리

조용해서 눈에 띄는
백자가 되고 싶었어요

꽃무늬가 없어도
형형색색이 없어도
사랑받고 싶었죠

보잘것없어 바라보게 되는
마음을 난 알아요
그래서

침묵을 항아리처럼 품에 안고
갖은 박물이 잠들어 있는 이곳을
종종걸음으로 돌아다닙니다

눈으로만 감상해주세요,
라고 적힌 팻말 앞에서
고개를 끄덕이고 손을 거두면서요

쉽게 깨어지는 유리를 보호하기 위해
쉽게 깨어지지 않는 투명한 유리로
그 주위를 감싸듯

너무 쉽게 깨어지는
평온을 위해서는
단단한 침묵이 필요할 테죠

무얼 보고 있어요?
누군가 다가와 물을 때

오래된 백자가 된 것 같은
기분을 보고 있다고,
하마터면 대답을 떨어트릴 뻔합니다

침묵을 설명하기 위해서는
침묵을 깨트릴밖에 없으니까요

도슨트

어떤 때는 한 사람 같고
어떤 때는 두 사람 같다

교차된 두 팔이
한 사람이 팔짱 낀 모습처럼 보이다가
두 사람이 껴안은 것처럼도 보인다

갈라진 얼굴이
한 사람의 정면 같기도
두 사람의 옆면 같기도 하다

꼭 감은 두 눈은
혼자만의 것으로도 보이고
때로는 왼쪽과 오른쪽이 하나씩
사이좋게 나눠 가진 것으로 보인다

손에 쥔 구슬은
하나인 듯 둘 같은 몸피의 유일한 눈알
어느 쪽이 눈을 뜰까
어느 쪽과 마주칠까

그것을 볼 때면
부족한 이목구비를 붙여주고 싶은 가여움과

차라리 갈기갈기 오려내고 싶은 두려움의
양가감정이 든다

그림 앞에서 오묘한 표정을 짓는
관람객에게 문제를 낸다

이 그림은
온전한 한 사람일까요
눈알 하나를 돌려쓰는 두 괴물일까요

영원 서리

출렁이는 영원이 담긴 그릇을 들고 사랑하는 이에게로
몰래 걸음을 하다가
바보같이 엎질러버렸다
말라가는 그의 입술 위로 조심스레 부어주고 싶었는데

다만 아득하고 스산한 풀밭 위로
쏟아지는 밤
쏟아지는 잠

어쩌면 그 사람은 나로 인해
밤을 영영 잃게 된 걸지도 몰랐다
인생의 삼분의 일썩이나
까무룩 잠 속을 헤매는 데에 써버리게 된 걸지도

몸을 흔들어 깨워도 일어나지 않는다
얼굴에 물방울을 튀겨도 눈을 뜨지 않는다
횃불로 풀밭을 긋고 다니며 소릴 질러도 아무도

텅 빈 밤을 가로질러 밭의 주인은 성큼성큼 다가오는데
홀로 이 지구만한 외로움을 짊어지고 버티기에
나의 죄는 조금의 시간을 훔친 것뿐인데

자꾸만 헤어짐을 앓는 이에게 영원을 선물해주고 싶었는데

이제는
진짜 끝이란 게 무엇인지 이해하게 될 것만 같다

무서워질 때마다 뺨을 때리며 밤을 지켰다
이미 엎질러진 영원을 다시 주워 담을 순 없었다
속수무책으로 잠들어 있는 사람을 두고
나마저 떠나고 싶지 않았다
그러고 싶지
않았는데

나그네의 외투를 벗기는 볕처럼

쏟아지는 잠과
쏟아지는 어스름
쏟아지는 노곤함

아침이면 언제나 그럴 것처럼
당신이 먼저 깨어나
잠든 나를 보고 계셨다

중심 찾기

중심이라 말하면 어떤 사람은 배꼽을 떠올린다
단전에 힘을 모으고
어떤 사람은 미간을 찌푸리지
수요일의 꼭대기를 건너는 기분으로
어떤 사람은 옆 사람을 힐끗 쳐다봐
네가 아니면
나는 줄 끊어진 그네처럼 날아가고 말 거라고
의좋은 쌍둥이 자매가 타고 있는
시소의 기울기처럼, 어떤 사람은

정오의 햇볕을 온몸으로 받으면서
어떤 사람은 사랑의 힘으로 자신의 삶이 공전한다고 주
장한다
꿀벌을 끌어당기는 꽃의 중력이라면
지구 반대편에 사는 사람과 중간에서 만나게 된다면
세 형제 중 둘째로 태어난다면

어떤 사람에게는 사랑하는 사람과 미워하는 사람이 있고
그는 중심이 된다
어떤 사람에게는 상승과 추락의 순간이 있고
그는 중심이 된다
어떤 사람에게는 살고 싶은 마음과 더는 살고 싶지 않은
마음이 있고

그는 중심이 된다   —

천국과 지옥을 오간다는 죽은 문장 속에서
어질러진 감정들의 정확한 중간값에서

소리 헤엄

물속으로 뛰어들기 전에 우리는
가지런히 신발을 벗어두었지
집으로 들어가려는 사람들처럼

하지만 어색한 손님인 것처럼
겨우 발목만 적셨더랬다
실은 서로의 젖은 꼴이 걱정되었던 거야
어젯밤 잠의 모양을 기억하는 마른 이불과 베개
돌아갈 거처가 우리에겐 없었으니까

이번엔 부드러운 모래나 밟자며
뒷짐진 손가락에 신발을 걸고 걸었지
뒤따라 동글동글한 포도알처럼 새겨지는
발가락의 모양이 걷기에도
보기에도 좋았다

우리도 발자국 화석을 만들 수 있을까
그러면 저 자리에 영원히 남을 수 있을 텐데
그러기에 우리 몸은 너무 가볍네
멸종을 모르는 것처럼 무구하네

이 순간을 오래 남기고 싶어
걸으면서 파도 소리를 녹음해보았는데

순간이란 쉬이 가둘 수 없는 거구나
재생된 파일엔 온통 물결의 파열음만 있고

소리를 빌려 입은 것은 죄다 물러지고
흐를 수밖에 없는 거구나
바다를 손에 쥐면 생기는 여러 갈래의 물길처럼
이번에도 우리는 보기 좋게 실패했더랬다

실패에도 부끄러움을 모르는 목소리로
파도보다 시끄럽게 노래하는 네가 부끄러워
노래란 흐를 수밖에 없는 거라서
거기 있던 모두가 너를 알 수 있었다

우리의 산책이 오래됨을 알 수 있었다
기분 좋은 너의 가창력에 놀란 서퍼들이
일제히 이쪽을 쳐다보았다

백일몽

흑백으로 꾸는 꿈속에서
네 생각을 우산처럼 쓰고 다녔다

꿈속에서 나는 무채색의 옷가지를 빌려 입고
너와 함께 백금 같은 빛을 쐬다가
물기를 머금고 짙어지는 회색 거리를 보며
문득 이곳에도 비가 내린다는 걸 알았다

평생 그 어떤 슬픔에도 젖지 않게 해주겠다는
지킬 수 없는 약속으로
너는 내 주위를 감싸곤 하지만

그 어떤 빗줄기도
빗줄기도 막아주지 못하는
무용하고 무해한 나의 우산

그러므로 빗속에서도 따듯하기만 한 나의 투명 인간

유리병 같은 네 속에 담겨 있었다
너의 얼굴 너머로

새떼가 잿가루 되어 바람에 쓸려 날아가고
그사이 젖었다 마르기를 반복하는

이곳의 풍경을 오래 바라보았다

그러면
마른 풀의 이마 위로
투명한 물을 떠다 부어주던 기억처럼
백지에도 많은 이야기가 씌어 있는 것 같았다

탁란 가족

어떤 새는 모르는 둥지에 알을 낳아
대신 기르게 한다지
그럼 어떤 새는 무얼 기를까?
돌멩이나 세고 있겠지

세상의 모든 가족은
신의 탁란에 속아넘어간 바보들
한 지붕 아래 넣어두면 그게 사랑인 줄 알지

정신을 바짝 차리고 셈을 해야 해
나의 몸은 언제나 둘이 아닌 하나
나의 몫은 언제나 둘이 아닌 하나

틀리는 이들만이 사랑을 키우겠지

4부

종이에 쓰인 꿈

사랑 파도 기계

이곳이 우리가 함께하는 첫번째 바다

궁색하고 메마른 생활에 갇혀서
한 번도 바다를 건너본 적 없는 내게
네가 데려다준 곳은 시멘트 바닥에 깔린 인공 바다

우리는 녹음된 파도 소리
복제된 리듬으로 이루어진 가상의 물결 속에서
처음 보는 아이들과 함께 뛰논다

물빛을 모방한 푸른색을 온몸으로 맞으며 우리는
잠기지 않고
젖지 않으며
다만 물위를 걸어 이쪽으로 건너왔다는 오래된 사랑의
끈덕진 주장을 듣는다

맘껏 속아줄 수도 있을 것 같다
조명을 등지고 서 있는
서로의 윤곽만을 바라볼 때면

표정을 보여주지 않아도 알 수 있다
기계가 감전으로 정보를 공유하듯이
낡아가는 기분을 공유하듯이

이건 무엇을 위한 과학일까?
발 딛는 곳마다 둥글게 파문이 일고
보이지 않는 높은 천장에서 바닷바람 같은 미풍이 불어
온다

신기해
인간의 기술은 점점 원리를 알 수 없어져

스스로 만든 설계에 갇힌 건축가처럼
우리는 우리가 만든 해류에 쓸려 헛것으로 헤엄을 친다

그러나 지금 이 기분은 정말이라고 생각해
발목이 잠기고
바지가 젖고 있는
바다 건너편에서 이쪽으로 걸어오는 이의
윤곽을 바라보는

지금이
우리의 첫번째 바다라고

눈의 여행

커다랗고 광활한 너의 정면

가까이 마주한 네 정면은 펼쳐진 초원 같아
내 시선은 양떼처럼 그 위를 뛰어가

코의 산으로부터 이마의 능선까지
뺨의 비탈에서 미끄러져 턱끝 낭떠러지로
귀의 동굴을 지나 어둑한 심부로 향하는

눈의 여행은 유구하고
눈의 여행은 지난하지

그 속에서
세상의 모든 미움을 끌어안고 잠든 뱀처럼
웅크려 있는 네가 보여
그 모든 거침을 견디고 있는
너의 차고 미끈한 민낯이 보여

나는 그저 바라봐
손댈 수 없이 벌벌 떠는
너의 추위와 외로움
벌벌 떠는 너의 분노를 관망할 뿐

눈의 여행은 무력하고
눈의 여행은 초연하지

가까이 마주한 네 고통은 아득한 초원 같아
내 시선은 길 잃은 양떼가 되어
그 위를 방황하다가

흰 눈썹을 펜스처럼 두른
안전한 밤으로 돌아와
그때에야 눈 속에 담은 것들을 쏟아내지

양치기의 가위질에
양털이 우수수 떨어지듯이
삼킨 눈물 쏟아내듯이

손댈 수 없는 너를 위해
너무 커다랗고 광활한 너를 위해

두루미

이 좁은 유리병에
어떻게 사랑이 가득 담길 수 있을까?

형태가 가지각색인 식기를 식탁 위에 깔아두고서
길쭉한 목을 가진 이웃에게 초대받은 여우처럼

이건 언 손에 입김 부는 입 모양을 본뜬 술병
이건 깨어질 듯 위태로운 불안을
연인에게 기울이는 각도로 만든 주전자

처음 보는 유리의 형태에
어떻게 사랑이 흘러넘칠 수 있나요?
병 속에 어리둥절 끼여버린 여우처럼 묻는다면

좁은 문틈으로 환한 말소리가 새어 나올 수 있는 건
얼어 있던 공기가 모두 녹아내렸기 때문이라고

투명한 식기의 주인은 말하겠지
의심이 많아 바깥에 갇힌 여우야
이제 너의 마음이 녹아
액체와 같이 흐른다면

이리 들어와서 이걸 마셔봐

우리의 시간이 아주 달단다

그림자 목소리

나는 메아리일까
네 말을 따라 하는

너의 외로움에 언제나 한발 늦게 도착해서는
말을 걸까, 비어 있는 목덜미를 쿡 찌를까, 머뭇거리는
나는 너의 그림자일까

네가 영영 잠에 빠지거든
곧장 뒤따라 깊은 잠에 뛰어들겠다고 말하는
나는 공허한 울림일까

와락 안길까, 감히 그런 생각은 해본 적 없어
그림자의 목소리를 들어본 적 있어?

햇발을 받으며 양지에 서 있는 너는
그림자의 목소리를
들을 수가 없겠구나

그래도
그래도
놀라지 않기를

지금 팔을 뻗으면 닿을 거리에 있는

그러나 먼 곳의 빛처럼 아득한 사람아

눈감을 때까지, 아니 감은 뒤에도
내가 너의 그림자란다

그런 말을
어둠 속에서
내가 먼저 건넨다 해도

영원한 빵 이론

― 어느 날 나의 손에 쥐여진 빵 하나

배곯는 이를 위해 절반을 뚝 떼어주고 동네를 떠도는 개에게도 반을 쪼개어 내주고 다시 죽은 친구의 무덤 앞에 반쪽을 놓아두고 마주치는 이들마다 반과 반과 반을 나눠주다가 결국 부스러기만 남아버렸다는 허무맹랑한 이야기 속의 빵

사실은 내가 받은 빵도 누군가의 절반이었던 거지 어느 날 자신에게 쥐여진 빵 하나를 들고 돌아다니던 행려가 지친 나를 만나 이보게, 이거라도 먹고 힘을 내어보게, 말하고는 반을 내주었다면, 나에게서 반의반을 건네받은 이가 다시 반을 떼어 누군가에게 내주고 또 내주기를 반복하고 있다면

빵의 총량에는 변함이 없지만, 어째서 이 이야기에는 그렇게 많은 등장인물이 필요한 거지? 누군가가 제 마음의 소분을 그만두지 않는 거지? 때로 내가 가진 빵에 비해 너무나 많은 마음이 증식되고 어제 만난 개가 축축한 혓바닥을 늘어뜨린 채 새끼 강아지들을 이끌고 나타난다 해도

반으로 나눈 빵의 크기가 달라서 잠시 고민하다가 조금은 더 커 보이는 쪽을 내미는 사람, 혹은 지나치게 굶주린 한 사람이 완전한 빵 하나를 쪼갠 적 없이 전부 먹어버렸다고 해도, 그가 흘린 부스러기가 먼지처럼 굴러다니다 어느 날 배

고픈 개미떼나 더없이 미약한 존재에게 닿게 된다면

　또다시 그에게 쥐여지는 빵 하나

　하지만 거기서 절반을 나누고 또 나눈다고 해도
　빵은 사라지지 않을 거야

　아주 작은 점으로 수렴하지만 사라지질 않는 빵
　소수점으로 영원히 존재하는
　신기한 빵

쓸모없는 선물 교환식

쓸모없는 선물 교환식을 하자
매일 아침 달력에 무의미한 선을 긋듯이

아이가 태어나지 않는 나라의 한적한 백화점에서
신생아용 털신을 고심하며 고르듯이

서른까지만 살기로 결심한 이에게도 어김없이
서른하나의 첫날이 찾아오듯이

그날, 오랜만에 내디딘 바깥의 눈부심은
난데없이 건네받은 이상한 선물 같겠지만

이런 하루와 내가 맞바꿀 수 있는 건 고작
살아 있다는 인기척뿐이겠지만

거리에는 여기저기 복권방과 복고풍, 행복하세요
안 보이는 복이 담겼다며 주고받는 빈 상자
같은 말들

그런 상자 하나쯤 낯모르는 이의 품에 안겨주듯
우리 쓸모없는 선물 교환식을 하자

술 못하는 샌님에게 술을 팔고

사랑할 줄 모르는 이에게 사랑을 파는
입담 좋은 장사꾼처럼

그저 별일 없이 지내길 바란다고
가끔 만나 사는 얘기나 하자고

오랜만에 살고 싶은 기분으로 눈뜬 아침에
우리가 주고받는 건 고작 이런 빈말들이지만

어쩐지 그것은
약간의 쓸모가 있어 보인다고
교환을 거절당한 채로

온 거리에 아무렇게 달린 희망의 문구처럼
죄 눈부신 거리로부터

삼인행

세 사람이 걸어가고 있었다
한 사람에게는 세 사람이 필요했다

사랑하는 사람과
가장 사랑하는 자기 자신과
사랑하지 않는 사람이

그러지 않으면 자신에게 남은 부드러운 빵을
누구에게 주고 싶은지
구별할 수 없을 테니까

빵의 부드러움을 모르는 한 사람에게도
그들은 꼭 셋이어야 했다

세 사람이라면
한 사람이 함께 있지 않아도
외롭지 않을 두 사람을
생각할 수 있을 거였다

사인용 식탁

여느 날처럼 침묵을 두르고
밥을 먹으며 생각했다

외로움은 일인분의 식사가 아니다
사인용 식탁의 빈자리들이다

그리움은 인간을 본뜬 석고를
보며 그린 소묘를
또다시 베끼는 일이다

그걸 베끼고 또 베끼다보면
언젠가는
추상적인 동그라미 몇 개만 남게 될 것이다

식기를 치우면
책상이 되기도 하는
식탁 앞에 앉아
닫힌 창문을 보며 창밖을 그렸다

그릇을 씻고 덜 마른 손에
동그라미가 번져서
무언지 알아볼 수 없었다

종이집

종이에 네모난 구멍을 내어 얼굴에 씌우면
그곳이 종이집이었다
종이집에서 새 모양의 소원을 접으며 살았다

새 한 마리를 접을 때마다 생각했다
고층으로 지어진 집
창밖으로 윤슬이 보이는 집
정전과 누수가 도둑같이 드나들지 않는 집

종이집을 쓰고 한강에 가면 네모난 강물
소원이 이뤄진 것 같아
종이집을 쓰고 육삼빌딩을 오르면
네모난 도시의 광막한 야경
소원이 이뤄진 것 같아
하지만 종이집 쓰고 빗속을 걷기라도 하면
가랑비에도 허물어지는 꿈이란 걸 들키고 말았다

물기에 젖어 형체를 잃고 뭉그러지는 꿈
손을 대면 너무 쉽게 찢어지는 꿈
한낱 종이에 쓰인 꿈

새처럼 접어 날릴 수도 있는 꿈이었다
구멍을 내어 얼굴에 씌우면

그곳이 나의 집

알록달록한 전단지로 날아와
창틀에 걸려 있던 종이의 깃털은
바람을 열어 더 높이 날려주고

물위에는 새 모양의 소원을 띄워
흐르고자 하는 곳으로 흘려보냈다

림보

뚱뚱한 천사는 게으를 거라고 생각하니?
온 힘을 다해 사랑하지 않을 것 같니?

우리는 그 품에서 아늑해진다
이불 속에 파묻혀 보내는 일요일의 무사안일처럼
사랑의 중량은 커질수록 힘껏 안기기에도
힘없이 쓰러지며 안기기에도 좋으니

아침식사로 익힌 채소와 수프를 먹으며
몸무게가 일 그램, 일 그램씩 늘어날 때마다
빈 어깨를 감싸기에 좋은 굴곡이 되어감을 느낄 수 있다

물기를 머금은 솜털이 물기를 머금은 만큼 무거워지듯
천사는 우리를 최대한으로 그러안으며
젖어가고 있을 테지만

키 작은 천사는 머리가 하늘에 닿지 못할 것 같니?
천사라는 말의 높이가
이 땅에서 온 힘을 다해 제자리 뛰기를 해봐도
닿을 수 없는 림처럼 느껴지니?

우리는 그 아래서 평온해진다
모두가 난쟁이인 곳에서는 높이를 재는 잣대가 없고

햇빛의 폐부를 찌르는 첨탑이 없고
다만 사랑에 빠지기에 좋은 깊이만을 가늠할 수 있으니

우리의 시선이 수심이라면, 눈금이 낮아질수록
거기서 온 힘으로 헤엄하는 지느러미를 볼 수 있다
발을 헛디디고 빠지게 되는 깊은 마음으로

그리하여 깊은 밤
홀로 농구공을 튕기던 소년이 림을 향해
닿고 싶은 마음으로 뛰어오르는 걸 본다면

아주 잠깐 그 모습이
천사의 머리 위에 달린
둥근 링처럼 보인다면

사람책

이 책을 보면 내가 생각날 거야

책을 선물해준 사람이 말했다
그는 두꺼운 양장본을 닮지는 않았지만
이 책을 볼 때면 생각나는 사람이 됐다

책을 펼칠 때마다 그 사람
속마음을 여는 것 같았다
그래서 함부로 귀퉁이를 접지도
밑줄을 긋지도 않았다
새 책같이 그 사람을 아꼈다

아껴 읽은 이 책을
전부 읽고 난 뒤에 알았다
그가 내게 준 건 두꺼운 책의 물성이 아니라
종이에 쓴 가볍고 단순한 이야기였구나
흐르는 문장과 멈추는 행간,
단순한 반복이 포개진 세계가 선물이었구나

그래, 이 책을 보면 네가 생각날 거야
책을 선물해준 사람에게 말했다
그 사람은 대답을 듣지 못하고 떠났지만

두꺼운 책 속 어딘가에
투명한 문장 숨쉬는 쉼표가 되어
내게 말을 걸고 있을 거였다

사랑의 분류

네가 문장으로 담긴 책을 들고 고민한다
이 책이 단 하나의 서가로 가야 한다면
어느 행 어느 열이 좋을까

나의 가지런한 서재에서, 너의 순서는 어딜까
생활 혹은 종교와 자서
다음으로 서너번째쯤일까

감정의 분류 체계를 따르는 어느 도서관에는
헌신과 희생의 서가가 섞여 있다
누군가는 그것의 어질러짐을 견디지 못하는데
누군가는 구태여 나눌 필요가 없다 여긴다

마음을 빌려주고 돌려받는 반복 속에서
표지가 찢긴 채 돌아다니던 너를 본 적 있다

음악이 담긴 책에는 음악의 부호가
고독이 담긴 책에는 고독의 부호가 부여된다
사람들은 분류에 의존하여 서로를 찾는다

그렇다면 이 책은 사랑에 관한 책이다
나는 오래 읽을 것이다

시조새

새가 되기 전에
그러니까 새가 아니었던 새가 있겠지

날개가 되기 직전에
아득히 추락하는 날갯짓이 있었을 거야

천사가 되기 직전에 추락한 우리처럼
다시 끄트머리를 향해 가는 우리처럼

회문의 자서전

첫울음을 터뜨린 나에게 그가 말했지
라훌라!*

그때부터 나의 삶은
거꾸로도 똑같은 이름이 되었어

생일 다음에 일생이 시작되던가?
한 글자 더, 생과 생 사이에는 고(苦)가 끼어 있네
울음과 음울은 순서를 바꾸며 찾아오고
때로 웃음 뒤에 쓴웃음이 새치기해도 눈치채지 못했어

이대로 눈감은 채로 있고 싶어
일몰이 오기 전 모든 시간은 몰일이었지
세상의 행불행을 죄다 모아 반으로 나누면
나는 몇 글자를 가지게 될까?
절반만 괴롭게 살고 싶어, 일주일을 가르면 며칠이 될까?
그런 물음 속에서 속절없이 일백일, 일천일이 흘러가

똑같아 보이는 나날의 반복 속에서
서정과 정서가 거울을 보며 연습하는 표정 같다는 걸
이별과 별리가 가끔은 다른 뜻처럼 읽힌다는 걸
조금씩 이해하게 돼
행과 복, 비와 애, 쓺과 삶, 너무 커다란 한 글자는

뒤집을 수 없다는 걸 알게 돼

나의 기일은 일기에 담을 수 없다는 것도 알아
그렇지만 자비로운 신에게 허락을 구해
거꾸로 돌아가
첫 행을 다시 쓸 수 있다면

첫울음을 터뜨린 그에게
내가 말했지

야 이 삶은 좋은 삶이야

* 싯다르타의 아들로, 그가 태어날 때 싯다르타가 '장해물'이라는
뜻으로 탄식한 말에서 이름 지었다고 한다.

해설

어진 선물

양경언(문학평론가)

1. 꿈꾸는 사람들

'꿈'은 우리가 가진 몇 안 되는 글자로 다른 세계에 진입하려는 시인들에게 자주 활용되는 소재다. 물론 '다른'도 다름 나름이다. 꿈을 잠결에 쥔 몽상의 열쇠로 이곳과 저곳 사이를 잠금으로써 현실과 차단된 '다른' 곳으로 소환하는 시인이 있는가 하면, 지금의 현실 어딘가에서 누군가가 소중히 품고 있는 '지금보다 나은 다음'에 다다르고자 하는 열망을 가리키는 말로 쓰는 시인도 있기 때문이다. 전자는 한번 꾸기 시작하면 타인이 그 속으로 침투하지 못한다는 의미에서 가장 내밀한 영역으로서의 꿈을 상기시키고, 후자는 모두가 공평하게 펼쳐낼 수 있는 역량으로서의 꿈을 이른다.

조온윤의 시는 이중 어느 한쪽으로도 치우쳐 있지 않은 것 같다. 전자를 먼저 쓰다 거기서 멈추지 않고 후자로 건너간다. 예를 들어 차가운 빗물을 맞고 있는 "우산 한 자루"와 같이 "그저 외로운 인간"이 자기가 선 곳에 그대로 갇혀 있는 듯이 굴다가도 자신이 "우산"이라면 필경 "누군가 공중에 매달린 마음으로 쥐고 있던" "따뜻한" 순간의 한 부분으로 역할을 하고 있지 않겠느냐고 스스로를 살피고(「비와 현실」), "지하를 향해 꺼지는 엘리베이터" 안에 갇힌 꿈을 꾸다가도 그곳으로 누군가가 "같이 갑시다"라는 말을 건네며 "불쑥" 끼어들어와 함께 이 "비좁고, 외로"운 "하강"을 멈출 수 있기를 바란다(「육면체의 시간」). 시인을 따라 말해본다면 조온윤의 시에서 꿈은 '열림 버튼'을 오래 누를 줄 아는 이를 만나는 곳, 그러니까 꿈꾸는 사람이 어떤 마음으로 그 꿈을 마련하게 되었는지를 찬찬히 들여다보게 만드는 호젓한 장소가 된다. 발터 베냐민(Walter Benjamin)식으로 힘주어 다시 말해본다면 이는 꿈 자체보다는 꿈에 깊이 침잠해 들어가야만 맞이할 수 있는 깨어남의 순간, 즉 우리 자신의 현재를 다시 일으켜세우는 '범속한 각성(Profane Erleuchtung)'을 시 안에 들이기 위한 일련의 과정이기도 하다.

꿈보다는 꿈을 꾸는 이들을 먼저 헤아리는 시에 관한 이야기를 좀더 해본다. "주인 없는 사물들"이 모여 있는 '분실물 보관소'에서는 "주인에게 버림받은 점유물"로서가 아니라 누군가가 "지금도 찾아 헤매는 유일했던 무엇"으로서의 목소리가 흘러나와 각자가 자신만의 사연으로 "혼자서는 따듯해질 수 없는" 세상을 채우는 꿈이 지속되고(「분실물 보관소의 밤」), "빗줄기"와 "빛줄기"가 분간되지 않는 "흑백"의 꿈에서는 "너"를 향해 슬픔이 "젖었다 마르기를 반복하는" 풍경을 오롯이 맞이할 때야 쓰일 수 있는 먹빛의 글자와 더불어 "백지"와 같은 기억을 채워나가자는 바람을 전하는 목소리가 들려온다(「백일몽」). 시에서 꿈을 꾸는 이는, 예전부터 있었으나 어느덧 잊히는 것들을 꿈에서 드러나게 하거나 혹은 지금은 부재하는 것을 다르게 존재하는 것으로 새로이 기입하는 일을 한다. 그이가 간절하게 이 일에 임할 때 그는 이미 혼자가 아니다. 시는 당장은 해낼 수 없는 일을 일찌감치 포기하려는 한 사람의 결단보다, 그것을 이룩하기까지 어떻게든 유예의 시간을 스스로 마련하려는 여러 사람의 인내를 더 아름답다고 여긴다.

우리는 조온윤의 첫번째 시집 『햇볕 쬐기』(창비, 2022)에서 시인이 세상에 존재하는 모두에게 골고루 내려앉는 햇볕의 속성을 이해하는 동시에, 자신의 몫으로 주어진 한 줌의 빛이 지녀야 할 의미를 성실하게 탐구하던 모습을 기억한다. 그러니 두번째 시집의 제목으로 시인이 독자의 두 손에 '자꾸만 꿈만 꾸자'라는 말을 건네주었을 때, 우리는 이 문장이 사나운 세상을 모르는 척하면서 꺼내든 한갓진 제안은 아닐 거란 짐작을 당연히 한다. 시인은 '그래요' 하고 자답이라도 하려는 듯이 독자 곁으로 온다. 어떤 사람들이 꿈을 꾸는지 들여다보게 되면 꿈을 단순한 상징이나 헛것 정도가 아니라 우리 삶을 지탱시키는 일말의 진실로 받아들이게 되듯, 조온윤의 시는 우리에게 주어진 현실의 면면들이 어떻게 움직이는지 세심히 살핌으로써 세상의 드러나지 않았던 일부를 존중하게 만들고, 이를 통해 사납고도 어지러운 지금의 세계를 차분히 그리고 담대히 상대할 수 있도록 돕는다.

표제작 「자꾸만 꿈만 꾸자」에서도 앞으로 읽든, 뒤로 읽든 같은 소리로 읽히는 '자꾸만 꿈만 꾸자'라는 문장은 꿈꾸는 일 자체의 중요성을 가르치려 드는 막연한 표현이 아니다. 그보다 이 말은 두 번은 없는 삶의 한가운데를 붙잡는 힘을 기르기 위해서라도 '자꾸만 꿈만 꾸자'는 말을 주문처럼 발음해보자는 얘기로 전해진다. '자꾸만 꿈만 꾸자'를 "비디오테이프를 되감"듯이 뒤로부터 읽으며 시간을 거꾸로 돌리고자 해도, 우리 삶의 속성이 이미 일어난 일은 '일어난 것'이라고 시가 조심스레 전하고 있기 때문이다. 이와 같은 맥락으로 이 시를 읽다보면, "대교"가 무너져 있지 않은 현실을 가리켜 그것이 이미 무너져 있던 꿈의 "되감은" 버전이라고 말하는 후반부가 아프게 다가오기도 한다("꿈에서는 분명 대교가 무너졌는데/ 눈을 뜨니 없던 일이 되었어/ 누군가 그 장면을 되감은 것처럼// 거기서 만난 친구들이 창밖에 모여/ 내가 없는 곳으로 뱃머리를 돌리고 있었어/ 가지 마요 불러봐도 대답 없이"). "대교" "뱃머리" 같은 단어로 연상되는 사회적 참사가 일어나지 않았던 순간을 우리가 이미 살아본 적 있다는 얘기는, 그 일이 일어난 현실인 지금 이곳에 마치 명징한 꿈 이미지를 남기듯 이를 더욱 깊게 각인시키기 때문이다.

그러니 "내 곁에 앉아" 있는 사람은 그이의 과거와 그이가 "언젠가 떠나갈" 미래까지 포함한 채로 지금 이곳에 있다는 것("언젠가 떠나갈 사람이 스스로 다가와/ 내 곁에 앉아주었어"). 일어나지 않는다면 좋을 일을 미리부터 꿰뚫어보고 일어나지 못하도록 막을 수는 없으므로, 일어났던 일로부터 이어져왔고 일어날 일로 이어질 지금의 '있음'과 제대로 마주해보자는 것. 이 시에서 꿈은 그 엄연한 '있음'을 헝클어

뜨리려는 힘에 대항하는 역할로, 현실은 어떤 종류의 '있음'을 받아들이지 못하는 이들의 부담까지 포함한 채로 존재한다. 이렇게도 말할 수 있을 것이다. 시에서 꿈은 지금 이곳과 정확하게 겹쳐지는 현실의 다른 형태이고, 현실은 다음에 벌어질 일을 은밀하게 보관하고 있는 꿈의 다른 형태라고. '자꾸만 꿈만 꾸자'는 문장은 한 방향으로만 흐르는 현실이 그간 놓쳤던 것을 꿈을 통해 되비침으로써 앞으로의 삶을 어디로 데려갈지 우리 스스로 가늠해보자는 얘기이기도 하다고. 꿈과 현실이라는 얼핏 상반되어 보이는 말들은 꿈꾸는 사람의 심경을 헤아리는 속에서 나란히 움직인다.

2. 중심 찾기, 균형잡기

반대의 속성을 지녔다고 알려진 말들이 서로를 향해 인력을 작동시키며 움직이는 풍경은 조온윤의 시집 곳곳에서 포착된다. 흑과 백, 그림자와 빛, 수런거리는 글과 고요한 침묵 등 이들은 얼핏 상반된 속성을 가졌다고 여겨지지만, 마치 서로를 비추는 거울상(像)처럼 대칭되는 포즈로 서로의 실체를 품고 있다. 시에서 이들은 도리어 나란히 움직일 때야 각각의 것이 처음부터 하고자 하는 일을 이루는 것도 같다. 가령 「설맹」에서 "흰 것"만을 오래 보느라 눈부셔하는 이들이 "백자처럼 깨끗한 마음"에는 아무것도 씌어 있지 않다고 여기며 거기에 "검정을 덧씌"우려 할 때, 시는 "깨끗한 마음" 상태에 이르기까지 품어야 할 "흑백의 문장들", 거기에 쓰이고 지워졌던 숱한 말들을 읽어낼 줄 알아야 한다고 전한다. 「그림자 목소리」에서는 어둠을 껴안고 있어야 빛이 강해지고 그 빛을 어둠이 예고한다는 의미에서 빛과 어둠을 마치 연인처럼 한몸으로 겹쳐 받아들이고, 「달항아리」에서는 "조용해서 눈에 띄는" "달항아리"를 통해 "단단한 침묵"이 "평온"을 지켜주고 그 침묵의 "종종걸음"이 "오래된 백자"의 역사를 수런거리며 채워나가는 현장을 펼쳐낸다. 가장 조용한 상태가 "갖은 박물"의 시간을 왁자하게 써나가는 것이다.

상반된 것들의 치열한 공존은 너무 달라 보이는 것들을 다르다는 이유로 함부로 내쳐선 안 된다고 말해주는 것 같다. 이는 무언가를 알기 위해서는 그것의 반대편에 무엇이 있는지를 찾아가는 속에서, 그것들의 힘이 어떻게 작동하는지를 살피는 속에서 그것의 진의가 드러난다는 얘기도 될 것이다. 그러나 한편에는 다음과 같은 시도 있다.

　아이들에게
　문을 뒤집으면 곰이 나타난다는
　실없는 농담을 하는 어른이 되어버렸다

　집을 뒤집으면요? 사람을 뒤집으면요?
　울음을 거꾸로 하면 몽롱이 되는 것 같아요

—   그럼 몽롱은 기쁜 거예요?

아이들의 존재는 왜 이다지도
물구나무 같을까?
질문을 뒤집어주면 대답이 될까
반문이 될까?

(……)

벽은 뒤집어도 벽, 컵을 뒤집으면 반드시
빈 컵이 될 테지만

철봉 아래에서 친구를 괴롭히는
장난꾸러기 아이를 붙들고 말해줄 수 있겠지
애야, 우는 사람을 거꾸로 뒤집어도
웃는 사람이 되지 않는다고
                                        ─「임시 교사」부분

  위 시에서 화자는 "울음"이란 글자를 거꾸로 뒤집으면 "몽
롱"이 되는 것 같으니 "몽롱"이란 말은 "기쁜 거"라는 의미를
지녔냐고 묻는 아이들에게 "뒤집어 흔"드는 방법만으로는 다
알 수 없는 세상의 이치를 어떻게 전해야 할지 고심한다. 무조
건 반대로 뒤집는다고 해서 진의를 다 이해하게 되는 건 아니

─

다. "철봉 아래에서 친구를 괴롭히는/ 장난꾸러기 아이"에게 단지 "우는 사람을 거꾸로 뒤집어도" "웃는 사람이 되지 않"는다는 것을 일러주면서, 화자는 '우는'과 '웃는'과 같이 반대항으로 알려진 것들을 뒤집어내거나 거꾸로 돌린다고 해서 이들이 나란히 있을 수 없다는 것을, 더욱이 그러한 방법으로는 '우는'과 '웃는' 각각의 뜻을 온전히 이해할 수도 없으리라는 것을 넌지시 알린다. 이는 세상에 존재하는 숱한 상반된 것들이 서로를 비추며 겹쳐 존재한다는 얘기로는 미처 다 설명하지 못할 또다른 이해를 요청한다.

그에 관해서라면, 도서관에 모여 있는 책들 사이를 유랑하는 시들을 살피다보면 어렴풋이 깨닫는 것이 있을지도 모르겠다. 이번 시집에 수록된 몇몇 시들의 배경으로 등장하는 '도서관'은 어떤 이에겐 오래된 시간의 보관소로("사관들은 저희의 왕을 너무나 사랑해서/ 당신의 일거수를 기록하는 책을 썼다네" "더없이 사랑하는 이가 근미래와 미래를 지나/ 머나먼 노래가 되어 자유롭길 바라지", 「장서각의 나날」), 어떤 이에겐 약속된 미래를 예비하는 곳이다("나는 내가 찾는 이야기를 모조리 써내어/ 스스로 한 권의 별책이 되기로 마음먹었습니다", 「도서관 불안」). 많은 말들이 침묵의 형태로 자리하고 있는 이곳에서 시는 "윗줄에서 아랫줄로" "바닥으로 천천히 내려앉는" "모든 글자"의 동선을 따라가는 이가 자신의 내면 깊숙한 곳에 있는 "아무도 모르게/ 썩지 않는 글자를 유기하는 강물"을 발견하는 하강의 움직임에 주목하기도 하고(「깊이에의 연구」), "전자식 인쇄 기술의 출현으로 해고된""늙은 식자공"이 "잘못 끼워 찍어낸""활자"를 발견하는 순간 숨겨져 있던 사연이 드러나며 "고요한 공간"이 입체감을 가지는 상승의 움직임을 짚어내기도 한다(「공간과 자간」). 누구나 드나들면서 공부하는 장소인 도서관은 시인의 시선을 경유함으로써 그곳에 존재하는 모두가 묵음을 자아 속으로 받아들이는 과정을 통해 각자의 방식으로 성장하는 공간이 된다.

시인이 소리의 한 형태로 받아들이는 도서관의 고요는 세상의 모든 소리가 잠재워질 때 주어지는 게 아니라, 세상의 모든 소리가 제자리를 찾아가는 동안 우리 자신에게 집중함으로써 주어진다. 밖으로 새나가지 않을지언정 활기차게 대화가 이어지면서 형성되는 고요 속에서, 시는 살아 있는 존재라면 누구에게나 그 자신만의 움직임이 있음을 알린다. 하물며 "유월"이란 조그만 글자조차도 '육'에서 "가장 낮은 바닥"에 놓여 있어 사라져버린 글자 '기역(ㄱ)'을 불러낼 때, 그러니까 가장 낮은 자리로부터 형성되어온 밑바닥의 역사를 딛고자 할 때 '유월'이란 시간으로, 계절로, 거대하고도 엄숙한 의미를 포함하고 있는 글자로 제대로 일으켜 세워지는 것이다(「사라진 기역에 대한 유월의 그리움」).

침묵 속에서도 누구나 그 자신만의 움직임을 키워낸다고 했거니와, 도서관을 배경으로 흩어진 말들이 새롭게 조립되거나 상반된 말들이 다른 의미를 길어올릴 때, 시인은 무언

가의 진의를 좇기 위해서는 그것을 뒤집어내거나 거꾸로 돌
리는 방식만으로는 부족하다는 것을 보여준다. 시는 오히려
극단을 아우르는 중도(中道)를 추구하는 편에 서고자 한다.
꿈과 현실, 흑과 백, 어둠과 빛, 소음과 침묵 등 우리를 둘러
싼 것들이 각자의 얼굴로, 어쩌면 상반된 얼굴로 움직여나
갈 때 그것들이 어떻게 겹쳐지고 뒤섞이는지 세부를 끝까지
살피는 방식으로. 또한 그것들이 종국에는 어떤 방향으로
나아가야 하는지 함께 고민하기를 멈추지 않으면서, 동시에
거기에 휩쓸리지 않는 강직한 태도로. 이편도 저편도 택하
지 않음으로써 상황에 휩쓸리는 순진한 중립을 지킨다는 게
아니다. 조온윤 시의 몸짓은 양극단만을 의식할 때 그악스
러워질 수 있음을 경계하며 균형을 잡으려는 태도로 형성된
것에 가깝다. 일상생활에서 탐내는 마음(貪), 성내고 미워
하는 마음(瞋), 어리석음(癡)을 여의려는 수행으로 이를 수
있다는 불교식의 '중도'와 근사하게, 조온윤의 시에서 '중
도'는 세상의 무게중심을 찾아가는 경로 위에서 실현된다.

    갈림길의 저편에서
    미심쩍은 행색의 행려자가
    한 손에는 자칫 공평해 보이는 저울을
    한 손에는 겁주기용 칼을 들고 다가와
    반드시 어느 한쪽을 고르시오
    공갈을 놓는다면

나는 삐뚤빼뚤한 삶 쪽을 가리킬까
인간으로 살 바에는 차라리
다른 무엇이 되겠다고 말할까
—「균형 감각」 부분

어떤 사람에게는 사랑하는 사람과 미워하는 사람이 있고
그는 중심이 된다
어떤 사람에게는 상승과 추락의 순간이 있고
그는 중심이 된다
어떤 사람에게는 살고 싶은 마음과 더는 살고 싶지 않은
마음이 있고
그는 중심이 된다

천국과 지옥을 오간다는 죽은 문장 속에서
어질러진 감정들의 정확한 중간값에서
—「중심 찾기」 부분

인용한 시 중 첫번째 시는 끊임없이 선택지를 내미는 세상이 이것 아니면 저것 중 하나만을 고르라고 내몰 때 차라리 그것들이 뒤섞인 "삐뚤빼뚤한 삶" 편에 서겠다는 화자가 등장한다. 시가 추구하는 '균형 감각'이란 'A'의 반대말이 무조건 '-A'가 아님을 이해하는 것("개의 반대말이 고양이가

아니듯/ 왼편과 오른편이 완벽하게 달라서/ 기울일 수 없다면", 「균형 감각」), 오히려 둘 중 하나만을 택하게 만드는 선택지만이 삶의 전부라 설교하는 세상과 거리를 두고 그런 세상을 상대화해서 바라보는 것일 테다.

한편, 두번째로 인용한 시에서는 'A'와 '-A'가 모두 있어야만 추구되는 "중심"에 대해 말하기도 한다. "살고 싶은 마음"과 "더는 살고 싶지 않은 마음"을 오가면서, 혹은 두 마음이 아슬아슬하게 공존하면서 이어지는 것이 삶일 수 있음을 이해하는 이가 비로소 세워낼 수 있는 '중심'에 대해, 절정과 절망을 오가는 끊임없는 운동으로 삶을 이해하는 방식에 대해.

어수선한 상태에서도 균형을 잡고자 노력하는 일, 중심을 지키는 일. "절망"이 휘날리는 곳에서도 거기에 휘말리지 않고 우리 삶의 페이지가 제대로 펼쳐질 수 있도록 "문진"이 되어보는 일(「생각하는 문진」). 시는 온갖 일이 살벌하게 벌어지느라 내일에 대한 기대조차 가질 수 없는 세상에서 우리가 할 수 있는 일을 이처럼 전한다. 조온윤을 따라 중도를 추구하는 길에 들어서면 적어도 우리 자신과 우리가 서 있는 세상을 돌아보는 성찰의 시간을 마련할 수 있지 않을까. 우리의 마음 상태가 어지럽기 짝이 없을 때 조온윤의 시를 찾아 읽으면 우리도 모르는 사이에 잠잠해진 수면 아래로 재가 가라앉아 맑은 물이 다시 떠오르듯 침착해지는 이유도 여기에 있을 것이다.

3. 나누는 기쁨

우리 자신의 중심을 지키는 일이란, 별달리 선택할 대안 없이 망가져가는 세계를 우리가 감당해야 하는 처지라 하더라도("무엇을 짓는 걸까?/ 저 멀리/ 거대한 공룡처럼 타워크레인이 서 있어// (……)// 함부로 자유롭지 못하도록/ 서로를 파수하며 엽총으로 떨어트린 깃털과 영혼이/ 마천루가 되며 조용히 쌓여가고 있어// 하지만 세상에서 가장 높은 죄책감은 아직/ 지어지지 않았다는 것", 「건설적인 미래」) 우리식대로 어떻게든 미래 시제를 쓸 궁리를 해나가야 할 뿐 아니라, 급기야는 해나갈 수 있으리라고 말하는 바와도 통하는 얘기이다.

조온윤의 시에서 '미래'는 종종 당연한 수순처럼 기후 위기가 당도해버린 시간대를 배경으로 그려지는데("사계절이 사라진 분기점으로부터/ 갈라져 나온 미래에 있었어/ 사계절이 있었다면 벌어졌을 황당한 일들을 생각하며// 서울 한복판이 물에 잠길 리가 없잖아/ 숭례문이 불에 타 무너질 리가 없잖아", 「어떤 일이 일어난 미래」), '일어날 리 없을 일들'이 버젓이 일어날 미래를 당겨 그리면서 시인은 지금의 우리가 현재를 너무 만만하게 대하고 있지는 않은지 묻는다. "살아남고 싶은 마음"은 왜 고층건물 개발과 같이 "뾰족해"진 형태만으로 나타나 "지구를 터뜨릴" 듯 구는지, 우리는 왜 지금 이곳이 아닌 "먼 곳"만을 해맑게 쳐다보며 살

128

고 있는지를(「건설적인 미래」).

　절멸에 대한 불안을 내비치면서 이미 관성화된 비관을 타당화하는 데 골몰해 있는 여타의 의견들을 상대하면서 시는 미래를 살아갈 사람에게 말을 건다. 영국의 시인 워즈워스(William Wordsworth)식으로 말하자면 조온윤은 시인이란 존재가 '사람에게 말하고 있는 사람(a man speaking to men)'임을 잊지 않는다.

　　이다음에 무얼 할까 우리
　　오늘의 놀이가 끝나면
　　다음에 할 놀이를 궁리하게 돼

　　우리에게 이다음이 있을 거라
　　믿어 의심치 않으니까

　　약속하자 우리
　　이다음도 이 시간 이 자리에 함께하기로

　　다 같이 표준시에 잠을 자고 잠에서 깨고
　　서로의 도로명 주소로 편지를 부치고

　　똑같은 화폐단위로 인간의 쓸모를 재고
　　산불은 언제나 축구장 몇 배 넓이로 타오르도록

궁금하지, 일 년에 단 하루 단 한 시간
전 세계인이 약속대로 불을 끈다면
저 멀리 외계에서는 우리의 한순간 어두움을
깜빡이는 신호처럼 읽어낼까

우리는, 이다음을, 원한다
이다음이, 우리를, 원한다

언젠가 꺼지지 않는 산불이 밤을 밝히고
지구가 더는 눈을 깜빡일 수조차 없게 된다면

불 꺼진 행성으로 쏘아 보낸 수십 호의 탐사선이
그곳의 기후에 한여름 눈사람처럼 녹아내린다면

이다음엔 무얼로 불꽃을 태울까 우리
이다음엔 어떤 동물을 실어 보낼까
　　　　　　　　　—「우리는 이다음을 원한다」 부분

　위의 시에서 "이다음"이란 말은, 놀이를 이어가기 위해
자연스럽게 꺼내는 "이다음에 무얼 할까 우리"라는 표현의
일부로만 여기기에는 어딘가 섬뜩한 인상을 남긴다. 천진
한 목소리로 "이다음에 무얼 할까" 말을 건네거나, "이다음

130

도 이 시간 이 자리에 함께"하자와 같은 "약속"을 한다 해
도 정작 "이다음"에 어떤 장면이 펼쳐질지에 대한 구체적
인 구상이 없기 때문이다. 이다음이 있다는 게 맞을까. 정
말 이다음은 있을까.

"우리에게 이다음이 있을 거라/ 믿어 의심치 않"는 사람
들은 '이다음'이 지금과 별반 다르지 않은 상태로, 이를테면
"똑같은 화폐단위로 인간의 쓸모를 재고/ 산불은 언제나 축
구장 몇 배 넓이로 타오르"는 일이 버젓이 일어나는 꼴로라
도 세계는 지속될 수 있다고 여긴다. 하지만 "언젠가 꺼지
지 않는 산불이 밤을 밝히고/ 지구가 더는 눈을 깜빡일 수조
차 없게 된다면" 지금 우리가 기대고 있는 '이다음'이란 말
은 별다른 쓸모를 발휘할 수 없을 것이다. 여전히 "무얼로
불꽃을 태"우고 "어떤 동물을" 우주로 "실어 보낼까"를 고
민하느라 지금을 다 써버리고 마는 우리에게 '이다음'이란
제일 먼저 사라질 말일지도 모르겠다.

위의 시는 "우리는, 이다음을, 원한다/ 이다음이, 우리를,
원한다"를 구호처럼 두 번 등장시켜 '이다음'에 대한 책임
을 지금 이곳에 있는 우리 자신이 짊어져야 한다는 것을 알
린다. 노래를 따라 부르다보면 함께 부르는 이들의 호흡이
덩달아 맞춰지듯이, 우리 역시 시를 이루는 리듬을 따라 저
구호를 발음하다보면 어느덧 지금 우리가 속한 세계를 고려
하는 일이란 곧 그 세계를 책임질 우리 자신의 자아에 대한
고려와 무관하지 않다는 사실을 "깜빡이는 신호"를 받아들

이듯 승인하게 되는 것이다.

　자본주의 체제가 조성해온 대도시 중심의 문명이 멀끔한 경관을 준수하느라 거기에서 살아가는 존재들을 위계화하고 그중 어떤 이들을 가리는 데 급급한 나머지("발 디디는 모든 곳에 주인이 있어/ 공사가 멈춘 공사장에도/ 고라니가 튀어나오는 뒷산에도/ 오래전부터 버려진 공터에도//(……)// 이곳이 사유지라면/ 쌓인 눈의 주인은 누굴까?",「사유지」), 그 한가운데서 살아가는 우리 자신 역시 우리가 먼저 나서서 지워버리고 있지는 않은지 질문을 던지는 시는 더 있다. 다음 시는 사회로부터 은폐를 강요당하는 사람들에게 말을 거는 과정을 통해 지금의 세상이 얼마나 많은 이들의 목소리로 움직이는 곳인지를 새삼스레 드러낸다.

　　밤마다 떨어진 공을 줍는 사람이 있네
　　온종일 공을 날려보내는 사람들이 있으니까

　　미화원의 파업에 미화되지 않는 거리
　　세상에는 스위치를 내렸다 올리듯
　　요란함이 간단히 정리되는 마법은 없지

　　누군가는 허리를 굽혀 주워 담아야 한다
　　깜깜한 공중으로 당신이 띄운 공
　　당신이 바닥에 쏟은 한 줌의 소금

땀냄새, 더운 숨 냄새,
무심히 뱉은 조용한 말들까지도

어떤 속도로 곡선을 그리며 날아오는지
밤마다 줍는 사람은 알지
비 갠 뒤에 공들은 얼마나 윤이 나는지

(……)

어지러트리는 사람은 알까
떨어진 생각을 모두 줍고 돌아가는 길
비 젖은 밤의 표면은 얼마나 윤이 나는지
피로한 눈에는 거리의 불빛이 얼마나 흐릿한지
미화되지 않으면 견딜 수가 없는 것,
인생이기에

매일 스러지지 않으려 소금을 녹여 마시지
검은 잔디 위로 하얀 공들,
밤새 흘린 땀과 빛의 결정이라 말하지
　　　　　　　　　　　　　　—「한밤의 공 줍기」 부분

　위의 시에서는 어둠이 내린 잔디 위에 떨어진 공을 줍는
노동이 밤새 이어져야 그다음날 제 기능을 할 수 있는 운동

― 장을 조명하지만, 이것이 꼭 운동장에서만 벌어지는 일은 아닐 것이다. "잠든 사람"은 알 리 없는 도시의 밤은 미화 활동을 위해 "수많은 수그림과 내디딤"을 반복하는, '등을 구부릴 줄 아는 사람'으로부터 그 풍경이 형성된다. 시는 가려진 돌봄노동이 드러나는 자리, 바로 거기가 어쩌면 우리가 한낮에 마주치는 빛의 기원일 수 있다고 말한다. 몸을 수그리고 발을 단단히 디딘 사람의 "밤새 흘린 땀"이 소금 결정을 만들어 거리를 채우고, 그렇게 반짝이는 한낮이 만들어지는 것이므로.

한낮에 꼿꼿이 등뼈를 세운 사람에게나 한밤에 팽팽히 등뼈를 눕힌 사람의 기준으로 봤을 때 "허리를 굽"힌 사람은 고개를 숙이고 있는 것이겠지만, 세상은 바로 그 겸허한 자세로부터 유지되고, 윤이 날 수 있다. 이 사실을 정직하게 옮겨 적음으로써 시는 우리로 하여금 세상을 살피는 기준을 다르게 세우도록 만든다. 그래서인지 다음과 같은 시 앞에서 우리는 읽는 속도를 천천히 늦추게 된다.

어느 날 나의 손에 쥐여진 빵 하나

배곯는 이를 위해 절반을 뚝 떼어주고 동네를 떠도는 개에게도 반을 쪼개어 내주고 다시 죽은 친구의 무덤 앞에 반쪽을 놓아두고 마주치는 이들마다 반과 반과 반을 나눠주다가 결국 부스러기만 남아버렸다는 허무맹랑한 이야

기 속의 빵

　사실은 내가 받은 빵도 누군가의 절반이었던 거지 어
느 날 자신에게 쥐여진 빵 하나를 들고 돌아다니던 행려
가 지친 나를 만나 이보게, 이거라도 먹고 힘을 내어보게,
말하고는 반을 내주었다면, 나에게서 반의반을 건네받은
이가 다시 반을 떼어 누군가에게 내주고 또 내주기를 반
복하고 있다면

　빵의 총량에는 변함이 없지만, 어째서 이 이야기에는 그
렇게 많은 등장인물이 필요한 거지? 누군가가 제 마음의
소분을 그만두지 않는 거지? 때로 내가 가진 빵에 비해 너
무나 많은 마음이 증식되고 어제 만난 개가 축축한 혓바
닥을 늘어뜨린 채 새끼 강아지들을 이끌고 나타난다 해도
　　　　　　　　　　　　　—「영원한 빵 이론」 부분

인용한 시는 시인의 첫번째 시집에 수록된 「귤」을 떠올리게
한다. 이 시에는 "한알의 귤"에서 "열개의 귤 조각"을 떼어내
고 "수많은 알갱이를 발견하는" 평등한 나눔에 대한 상상력
이 깃들어 있다. 시인은 「귤」에서 시인은 작은 귤이라 하더라
도 그것을 나누고자 하는 마음만 있다면 몇 사람의 몫을 마련
할 수 있다고, 그리고 그렇게 할 때야 실제로 '만져지는' 귤 그
자체의 의미가 살아난다고 전한다. 위의 시 역시 하나의 빵에

서 몇 사람의 몫을 발견할 수 있느냐와 관련된 문제를 그 빵을 한 조각이라도 쥐어본 이들의 마음에 따라 다른 답을 내놓을 수 있는 상황으로 그린다.

시에서 '빵'은 영원히 사라지지 않는다. 모두가 서로를 위해 나눌 줄 아는 세상이라면 빵은 여러 사람이 "절반을 나누고 또 나"누면서, 또한 "배고픈 개미떼나 더없이 미약한 존재에게" 전달하고 전달받으면서 "아주 작은 점으로 수렴"될지언정 누구 한 사람의 배를 불리는 방식으로 사라지진 않는 것이다. 한 개의 빵이 열 개로 불어나는 기적은 좀처럼 믿기지 않지만, 한 덩어리의 빵을 열 조각으로 나누는 일을 실로 행할 때 그것이야말로 함께하는 삶에서 우리가 일으킬 수 있는 기적이 된다.

루이스 하이드(W. Lewis Hyde)는 예술작품 속에는 예술가가 지닌 선물의 정신이 담겨 있고, 그것을 전해 받은 이들은 그 작품으로 인해 존재(being)의 어떤 부분이 호소되는 상황을 선물받기에 예술이 지닌 선물과 같은 속성을 상품성과 구별해서 말한 바 있다(루이스 하이드, 『선물—대가 없이 주고받는 일은 왜 중요한가』, 전병근 옮김, 유유, 2022). 작가의 재능(gift)은 그 자신의 역량을 넘어서면서 창작물을 마련하고, 작가가 꼭 의도하지 않았더라도 독자들은 그로부터 마음이 움직이거나 "영혼을 되살리거나 감각을 즐겁게 하거나 살아갈 용기를" 얻는 등 "마치 선물을 받을 때의 느낌"(같은 책, 30쪽)을 가진다. 숫자로 쉽게 환산될 수

없는 이 보이지 않는 교환은 이들의 "상호 연결된 관계"가
"일종의 탈중심화된 응집성"(같은 책, 35쪽)을 만들어낸다
는 것을 알리고, 이때 등가의 교환을 철두철미하게 준수해
야만 합리적이라고 여기는 사회의 법칙은 흔들리게 된다.

조온윤 시의 관심이 사유화나 등가의 교환에 있지 않고, 분
배와 공유에 있을 때 그리고 이러한 생각이 시로 등장할 때,
우리는 그로부터 예술이 지닌 선물과 같은 속성을 발견한다.
"어느 날 나의 손에 쥐여진 빵 하나"가 사라지지 않고 "영원
히" 공유되는 시가 선물처럼 모두에게 안기는 속에서 무엇
이든 자기 소유로 만들어야 직성이 풀리는 이들은 결코 알
수 없을 공유와 공존의 기쁨이 남겨진다. 시인이 맺고 싶은
관계는 거래할 만한 가치가 있어야만 맺어지는 지금 사회의
방식과는 다르게 "쓸모없는 선물 교환식"을 하면서 "살아
있다는 인기척"을 나누는 것만으로도 "희망의 문구"를 생
성해내고(「쓸모없는 선물 교환식」), 별다른 대가가 없어도
얼어 있던 마음을 녹여 만든 마실 것으로 "좁은 유리병"을
가득 담아내는(「두루미」) 사랑의 방식에 닿아 있다.

사유(私有)하기에 욕심을 내기보다는 공유하기의 보람을
찾는 조온윤식의 나눔은 시인이 줄곧 발휘해왔던 중심을 지
키는 일이 실은 많은 이들과 어울려 살아가기 위해 행하는
인의(仁義)의 실천이었음을 깨닫게 만든다. 수용과 선사가
이어지는 선물의 순환 속에서 우리는 지금의 자본주의 체제
가 요구하는 체질과는 다른 존재로 바뀌어간다. 다른 기쁨

을 얻는다. 시는 끝내 우리로 하여금 곁에 있는 이들에 대한 믿음을 저버리지 않는 길로 들어서도록 이끈다. 누군가는 제 욕심을 차리는 일만을 급선무로 여기는 세상에서, 놀랍게도 이런 일을 시가 해낸다.

4. 어진 시의 엄격함

마음을 너그럽게 가지고 덕을 높이려는 태도를 기만적이라거나 위선이라고 의심하는 시선이 팽배한 시대에는, 오히려 어질게 살아가고자 하는 노력을 끈질기게 추구하는 일이야말로 급진적인 저항이 된다. 이는 특별히 사제와 같은 성정을 갖추고 있어야 한다거나, 현실을 초월한 곳에 있어야 행할 수 있는 게 아니다. 그보다는 평범한 사람들이 제 양심에 기대어 살아가려는 안간힘의 아름다움을 발견할 줄 알아야 할 수 있는 일이다.

문학은 늘 시대와 불화해야 한다고 여기는 이들에게 조온윤은 말한다. 이런 시대에 청하는 불화의 악수란 '어짊'을 불온하게 만드는 세상을 상대하는 것이어야 한다고. 그리고 그것은 우리 주위의 많은 이들이 어떻게 마모되지 않은 채 삶을 꾸려가는지를 끝까지 믿어줌으로써 가능한 것이라고. 시인은 "밤" 내내 웅크려 있는 이를 채근하기보다는 오히려 그이가 "열린 문 사이로" "몸을 뉘고 있는 빛"을 발견하는 시간을 갖게 함으로써 우리가 살면서 반드시 통과해야 하는 "멈춰 있는" 시간이란 우리에겐 없어서는 안될 "동면"이나 "그림자"일 수 있음을 알려주고(「아키비스트」), 커다랗고 광활하게 눈이 쌓여있는 벌판으로부터 "세상의 모든 미움을 끌어안고 잠든 뱀처럼/ 웅크"린 채로 "그모든 거침을 견디고 있는" 눈의 "차고 미끈한 민낯"을 알아보기도 한다(「눈의 여행」). 그런 시인에게 "홀로 농구공을 튕기던 소년"의 머리 위 "림"은 "천사의 머리 위에 달린/ 둥근 링"으로 발견되고(「림보」), 혼자 책을 읽는 일은 그 책을 선물해준 사람과 나누는 "투명한 문장 숨쉬는 쉼표"로 형성되는 대화로 수용된다(「사람책」). 나아가 고립을 느끼는 이의 곁으로 가 그 자신의 힘을 믿는다면 빈약한 상황이란 없는 거라고 말을 건네는 작업을 내내 엄격하게 가져가려 한다. 조온윤의 시를 읽는 시간은 왜 귀한가. 그것은 시가 마치 선물을 건네는 것처럼 독자의 내면으로부터 어질게 살아가고자 하는 힘을 독려해주기 때문이다. 시는 이렇듯 공동체에 선물로 주어져 쓰이고 읽히는 것임을 잊지 않게 만들어주기 때문이다.

첫울음을 터뜨린 나에게 그가 말했지
라훌라!

그때부터 나의 삶은

   —   거꾸로도 똑같은 이름이 되었어

생일 다음에 일생이 시작되던가?
한 글자 더, 생과 생 사이에는 고(苦)가 끼어 있네
울음과 음울은 순서를 바꾸며 찾아오고
때로 웃음 뒤에 쓴웃음이 새치기해도 눈치채지 못했어

(……)

똑같아 보이는 나날의 반복 속에서
서정과 정서가 거울을 보며 연습하는 표정 같다는 걸
이별과 별리가 가끔은 다른 뜻처럼 읽힌다는 걸
조금씩 이해하게 돼
행과 복, 비와 애, 씀과 삶, 너무 커다란 한 글자는
뒤집을 수 없다는 걸 알게 돼
　　　　　　　　　　　　　—「회문의 자서전」 부분

　한 글자의 배치로 생(生)은 "고생"이, 웃음은 "쓴웃음"이
되는 게 삶이라고들 하지만, 한편으로는 말을 더 얹거나 뒤
집거나 거꾸로 돌리는 등의 단순한 재간만으로는 그 의미
를 다 파악할 수 없는 것이 곧 우리 스스로 써나가는 삶이
기도 하다.
　시에서 화자는 싯다르타의 아들에게 주어진 "라훌라"라

는 이름에 '고역을 삼킨 채 이어지는 삶'이란 의미가 아니라, 앞으로도 뒤로도 똑같은 소리로 읽히는 "야 이 삶은 좋은 삶이야"라는 말과 같이 '한 방향으로만 해석될 수 없는 고통과 함께 쓰이는 삶'이란 의미를 부여한다. 중요한 것은 첫울음과 더불어 쓰이기 시작한 "첫 행"부터 우리의 삶은 우리 자신이 쓰는 행위라는 것. "나의 기일은" '내'가 직접 "일기에 담을 수 없"을지라도, "기일"에 이르기까지의 내용은 얼마든지 다르게 적을 수 있다는 것.

제목에서 말하는 "회문(回文)"으로 쓰인 "자서전"은 얼핏 빈손으로 태어나 빈손으로 죽는 것이 삶이므로 사는 일에 특별히 집착할 필요가 없음을 알리는 담백한 표현 정도로 읽힐지도 모르겠다. 하지만 오늘 우리는 이 제목을 우리가 어찌할 수 없는 처음과 마지막을 제외한 그 사이를 어떻게 채워나갈지에 대한 고민을 지속적으로 해나갈 필요가 있다는 요청으로 읽는다. 이 자서전을 당신은 어떻게 쓰려는가. 어렵기만 한 일은 아니다. 조온윤의 시가 지금까지 말하건대, 우리 자신의 양심에 따라 지금보다 나은 다음으로 가려는 용기를 잃지 않는다면, 또한 나의 '혼자'는 내 곁의 빈자리를 포함한 것임을 이해하면서 어제와 오늘과 내일, 이곳과 저곳에 함께 있는 이들을 아껴 보살피면 "좋은 삶"은 얼마든지 쓰일 수 있다. 외로웠던 종이에 창문을 내는 꿈을 자꾸 꿀 수 있다.

그러니 "첫 행을 다시 쓸 수 있다면", 나는 이 글을 다음과

― 같이 시작하겠다. 우리가 언젠가 닿고 싶은 세계가 우리 자신의 어진 수행으로 쓰이는 시를 선물받았다고. 그런 선물을 건넨 이에게 우리는 기꺼이 '시인'이란 말을 선물한다고.

조온윤 2019년 문화일보 신춘문예로 등단했다. 시집『햇볕 쬐기』가 있다. 공통점 동인이다.

문학동네시인선 231
자꾸만 꿈만 꾸자
ⓒ 조온윤 2025

1판 1쇄 2025년 5월 15일
1판 3쇄 2025년 9월 15일

지은이 | 조온윤
책임편집 | 김봉곤 편집 | 김영수
디자인 | 수류산방(樹流山房) 본문 디자인 | 유현아
저작권 | 박지영 형소진 주은수 오서영 조경은
마케팅 | 정민호 서지화 한민아 이민경 왕지경 정유진 정경주 김혜원 김예진
　　　　이서진
브랜딩 | 함유지 박민재 이송이 박다솔 조다현 김하연 이준희
제작 | 강신은 김동욱 이순호
제작처 | 영신사

펴낸곳 | (주)문학동네
펴낸이 | 김소영
출판등록 | 1993년 10월 22일 제2003-000045호
주소 | 10881 경기도 파주시 회동길 210
전자우편 | editor@munhak.com
대표전화 | 031) 955-8888 팩스 | 031) 955-8855
문학동네카페 | http://cafe.naver.com/mhdn
인스타그램 | @munhakdongne 트위터 | @munhakdongne
북클럽문학동네 | http://bookclubmunhak.com

ISBN 979-11-416-0190-4 03810

* 이 책은 서울특별시, 서울문화재단 '2024년 창작집 발간지원 사업'의 지원을 받아 발간
되었습니다.
* 이 책의 판권은 지은이와 문학동네에 있습니다. 이 책 내용의 전부 또는 일부를 재사용
하려면 반드시 양측의 서면 동의를 받아야 합니다.

잘못된 책은 구입하신 서점에서 교환해드립니다.
기타 교환 문의: 031) 955-2661, 3580

www.munhak.com

문학동네